JACKJEANNE

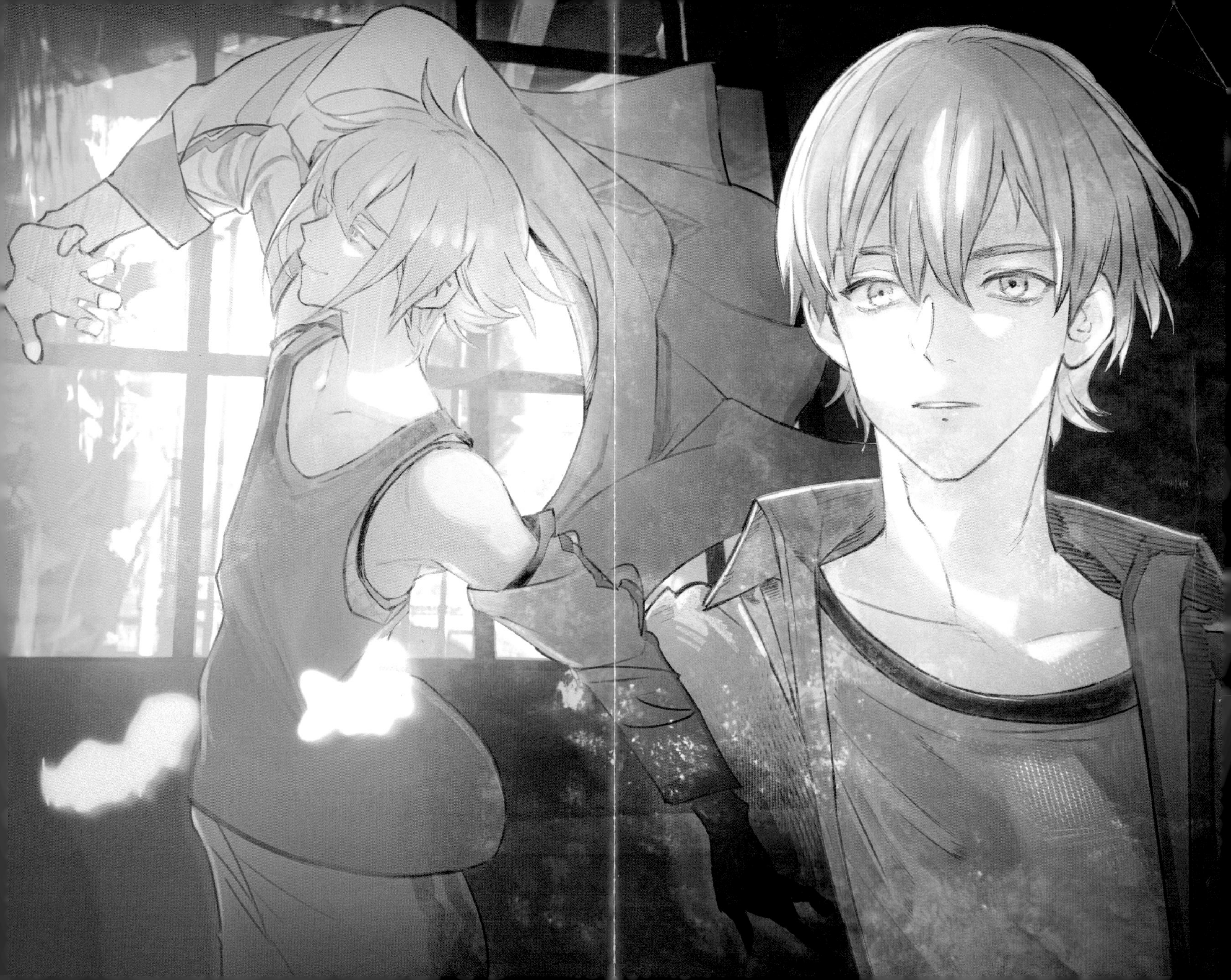

ジャックジャンヌ

―夏劇― Kageki

原作・イラスト
石田スイ
小説
十和田シン

JUMP j BOOKS

人物紹介

あらすじ

男性だけで構成された歌劇団、玉阪座《たまさかざ》。その玉阪座へは、ユニヴェール歌劇学校でも、とりわけ優れた生徒のみが入門できる。男役―ジャック―と、女役―ジャンヌ―が織り上げる舞台は、観る者すべてを魅了する。

主人公・立花希佐《たちばなきさ》は、とある出来事から、女性であることを偽り、男性だけのユニヴェール歌劇学校へ入学した。

自身の夢と、仲間たちとの絆のため、希佐はユニヴェールの日々を駆け抜ける。

この物語は、希佐たちの、ひと夏の出来事――。

QUARTZ
クォーツ

根地黒門《ねじこくと》

クォーツの組長。舞台脚本から演出までを手がける才人。3年生。ジャックにジャンヌ、なんでもござれ。

立花希佐《たちばなきさ》

女性であることを隠し、ユニヴェール歌劇学校へ入学した。クォーツ所属。1年生。ジャックとジャンヌ、どちらも演じられる可能性を秘めている。

RHODONITE
ロードナイト

忍成 司《おしなりつかさ》

忍成 稀《おしなりまれ》

御法川基紘《みのりかわきいと》

ONYX
オニキス

菅知聖治《すがちきよはる》

海堂岳信《かいどうだけしん》

加斎 中《かさいあたる》

長山登一《ながやまといち》

ダンテ軍平《だんてぐんぺい》

白田美ツ騎《しろたみつき》

高い歌唱力でクォーツの舞台を彩るジャンヌ。個人主義で他人に興味は示さないが……。2年生。

高科更文《たかしなさらふみ》

かつて希佐の兄・継希《つき》と組んでいた。ジャンヌの中でも主役格のアルジャンヌを務める。3 年生。

睦実 介《むつみかい》

男役であるジャックの中でも主役格であるジャックエースを任され、フミを支える。3年生。

鳳 京士《おおとりきょうじ》

クォーツでトップの成績を誇る秀才。希佐たちをライバル視する。1年生。ジャック。

世長創司郎《よながそうしろう》

希佐の幼馴染みであり、女性であることを知っている、クォーツの同期。1年生。ジャンヌ。

織巻寿々《おりまきすず》

希佐の同期のムードメーカー。兄・継希にあこがれユニヴェールへ入学した。1年生。ジャック。

UNIVEIL REVU SCHOOL

ユニヴェール歌劇学校教師

江西録朗《えにしろくろう》

AMBER

アンバー

田中右宙為《たなかみぎちゅうい》

百無客人《ももなしかくと》

紙屋 写《かみやうつり》

宇城由樹《うしろゆき》

鳥牧英太《とりまきえいた》

夏劇

CONTENTS

JACK JEANNE
ジャックジャンヌ

only one life

JACKJEANNE

自分で自分の限界を作ってはいけないよ。

ユニヴェールは自由な場所なんだから。

1

アルコールの香りに浸された照明の下、一対の男女が踊っている。

夜の街、隠れるように佇《たたず》むダンスパブ。

見知らぬ誰かの手をとり踊ることが出来るこの場所で、彼ら二人は店に足を踏み入れた時から形を崩さない。

ただ、他の客に比べると、二人の距離はまだ遠かった。

「……うちは残業がなくて、有休もとりやすい。プライベートな時間がたっぷりとれます。充実した日々、そのものだ」

踊りながらぽつりぽつりと語る男は大手企業に勤めている。

誰もが羨む労働条件。男がどれだけ優れているのか、女性に向かってアピールしているように聞こえるかもしれない。

しかし、実情は違う。

男の言葉には、深いため息が練り込まれている。

「……俺は残業したいし、休みもいらないんですよ」

繋いだ手から、女性の驚きが伝わってきた。男は続ける。

「定時に上がるためにあくせく働くより、残業になってもいいから自分のペースで働きたい。休みが多いと時間をもてあまして虚しくなってしまうから」

人が羨む幸福は、男にとってはプレッシャー。

男は自嘲するように笑う。

そんな自分が評価されるはずもない。

「同期に先を越され、後輩には迷惑をかけ、つまらない男です」

誰かと噛み合うことも、軋轢《あつれき》を生むこともない、カラカラと空回《からまわ》りするだけの歯車。

「……そんなことはないです！」

「えっ」

しかし、女は男の手を堅く握りしめ、否定した。

驚き見つめた彼女の瞳に、男の姿が映っている。

彼女は微笑んだ。

「私にとってハセクラさんは楽しい人だわ」

まるで花が開くように――

「……はーい、オッケー!!」

満開の花をそのまま押し花にでもしそうな勢いで、パンと大きく手を打つ音が響いた。

夜の気配も、アルコールの香りで浸されたダンスパブも、二人の間に漂っていた濃密な空気さえも、一気にはじけ飛ぶ。

だからここは、空の青と、雲の白が強いコントラストを生む、夏空の下。

男子生徒のみで歌劇の舞台を作るユニヴェール歌劇学校の、クォーツ稽古場へと姿を戻した。

「……ふぅ」

大手企業、グレートガリオンSJBの社員という肩書きを持ちながら、周囲に気後れして自信が持てないハセクラという名の『男』も、ユニヴェール歌劇学校の76期生、三年生の『睦実介《むつみかい》』へと戻る。

カイは全四クラスの中で、クラステーマに〝透明〟を掲げるクォーツのジャックエース。

男役、ジャックのトップだ。

今は年五回ある定期公演の一つ、夏公演に向けた稽古の真っ最中。

今回、ジャックエースであるカイは主役と銘打たれている。

「……ダメだな」

カイは誰にも聞こえない声で呟いた。

これでは、『本当の主役』を際立《きわだ》たせることが出来ない。

「カイ」

呼ばれて振り返った。

涼やかな眼差しとゆったりとした声色から滲《にじ》む色艶。美しいものをあれもこれもと惜しみなく注ぎ与えられたその人は、カイの同期であり、一年の時から女役であるジャンヌのトップ、アルジャンヌを務める、高科更文《たかしなさらふみ》だ。

76期生の金賞は常にフミの胸で輝き、ユニヴェールの長い歴史の中でも名を残すことになるであろう生徒だ。

そのフミを華として美しく引き立てるのが、ジャックエースであり器《うつわ》でもあるカイの役目。

「すまない、ダンスで足りていないところがある」

フミに歩み寄りながらまずは詫びる。

舞踊の家元に生まれ、小さい頃から舞ってきただけではなく、新しいものをとり入れながら踊り続けるフミのダンスレベルは、一線を画している。

当然、相手役であるジャックエースのカイにも高いレベルが求められるのだが、フミを追うことで手一杯になっていた。

なにせ、夏公演の演目「ウィークエンド・レッスン」は、うだつの上がらない男性会社員、ハセクラが、ダンス教室の講師であるアンドウと出会い、社交ダンスを通じて変化していくストーリー。いたるところにダンスシーンが盛り込まれている。

フミの隣で遜色なく踊る、そこに到達するまでがまず難しいというのに、これでは器の役目を果たせない。

「んー……。俺はさ、カイ。ダンスレベルがどうのこうの言うよりも、もっと気になることがあるんだわ」

「気になること？」

フミがああ、と頷き、少し間を開ける。よっぽど大事なことなのだろう。じっと待つカイを見て、フミが「あのさ」と切り出す。

「俺が前に出すぎてねーか？」

「……もっと前に出てもいいくらいじゃないか？」

フミのことを信頼しているが、これに関しては同意しがたかった。

フミは舞台の華。フミが輝ければ輝けるほど公演の質は上がる。そのためにカイ《器》がいる。

だがフミも引こうとしない。それどころか、真逆の提案をしてきた。

「なぁ、カイ。お前もちっとは前に出たらどうだ？　迫力あってよさそうじゃん」

カイは、久しぶりに始まったな、と思った。体から、いくらか力が抜ける。

「フミ。器の役目は華を立たせることだ。その器が前に出てどうする」

「面白そうじゃん」

「お前自身がそう思うことについて否定はしないが、舞台はどうなる？　二人揃って前に出れば焦点がブレるだろう。特に今回の舞台は、お前が引き立つように作られている」

話の軸はハセクラにあっても、それはあくまでフミの演じるアンドウをより魅力的に見せるため。

フミが自分の首に手を添え「まぁ、そうだけどよ」と返す。

フミもそれぞれの立ち位置をわかっているのだ。

「魅せ方については俺のほうでも考えてみる。少し時間をもらっていいか?」

フミの要望は飲めないが、まだお互い納得出来るレベルに達していないのは確かだ。問題には真摯《しんし》に向き合うべきだとも思う。

そんな真面目なカイの言葉に、フミは苦笑した。

「フミ?」

「いや。じゃあ、よろしく頼むわ」

フミは背を向けると自分が元いた場所へと戻っていく。

(……もっと前に出たらどうだ、か)

カイは自然と俯《うつむ》いていた。

(継希《つき》先輩と並んでいた時のことを思い出したのかもしれないな)

立花《たちばな》継希。

カイ達の二期上の先輩であり、ユニヴェールの至宝と呼ばれたクォーツのジャックエース。

フミは一年の時、彼と組んでいた。

舞台に立つ二人の姿を今でも鮮烈に覚えている。舞台の上で咲き誇る、二つの大輪の花。

だからこそ——

(器の中で一人咲くのが窮屈になる日もあるんだろう)

世代交代は困難だ。天才が生まれ、それを失えばなおさら。

クォーツは未だに継承の影を払拭することが出来ずにいる。

「おはようございます！　おはようございます！　宇宙開発から飲料水の販売まで、グレートガリオンSJBです！」

ちょうどその時、ハリのある声が稽古場に響き渡った。

78期生、一年生の織巻寿々《おりまきすず》だ。

初めて見たのは彼がこのユニヴェールを受験した日。荒削りで他の受験生に比べると拙《つたな》い部分も多かったが、遠目に見ても眩しく印象に残り、声を聞けば振り返らずにはいられない、そんな強さがあった。

タイプで言えば、ダンスを強みとするジャック中心のクラス、オニキスが向いていただろう。

だが、あの良く通る声で歌えば劇場に響くだろうし、素直に感情が出るあの体で芝居をすれば、多くの人を感動させることが出来るかもしれない。

そのためには、舞台未経験者が多いクォーツで総合的に鍛えていったほうが伸びる。

カイは、クォーツのクラス担任である江西録朗《えにしろくろう》に進言した。

彼なら、クォーツのジャックエースになれるかもしれない、と。

カイの言葉が効いたのかどうかはわからないが、スズはクォーツに入り、新人公演では主役のジャックエースに抜擢された。

選ばれた当初は、不釣り合いだと同期達に批判されることも多かったようだが、彼のひたむきな姿勢と成長はそんな同期達の心にも強く響き、本番では、彼以外主役はあり得ないと思わせるほどの熱演をやってのけた。

その結果、夏公演ではジャックとして、カイに次ぐポジションについている。役名はルイス。カイ演じるハセクラの同期で、陽気なエリート社員。ハセクラのライバル役だ。

次期ジャックエースの育成は、カイにとって使命の一つだ。

誰からも望まれ、喜ばれ、愛されて、真ん中に立つジャックエースを育てたい。

立花継希卒業後、カイが一期上の先輩を飛び越し、混迷するクォーツのジャックエースになったことで、多くの苦労があったからこそ。

クォーツにとって最もふさわしいジャックエースが現れれば、即座にそのポジションを託す覚悟もあった。

大事なのは、クラスがより良い形になること。カイはその歯車の一つでしかない。

（……ん？）

様々な感情が入り交じった眼差しをスズに向けていたのだが、同じように彼を見つめる瞳があった。

ジャンヌ組からほんの少し距離をとり、両手の指先は堅く組んで、目立たないように顔を伏している彼。

スズの同期、一年生の世長創司郎《よながそうしろう》が、前髪の奥から視線だけは持ち上げ、そっとスズを見ている。

まるで遠くかすむ美しい景色を眺めるかのように。

ずくりとカイの心臓が鈍く痛んだ。

思い出したのだ。古い記憶。場所はここ、クォーツの稽古場。

一年生だったカイは、我がもの顔で踊るフミを見ていた。

見るなというほうが難しい、暴力的な華を。

そのフミの視線の先にいたのは、いつだって――

「立花！」

スズが声をあげる。

たいした距離でもないのに大きく右手を挙げて、スズが駆け寄った先にいるのは――78期生、一年の立花希佐《きさ》。

新人公演ではアルジャンヌ。

本来であればジャンヌ生として育成するところなのだが。

そこは、最高の舞台を作るためならどんな手段もいとわないクォーツの組長であり、脚本家であり、演出家でもある天才、根地黒門《ねじこくと》。

彼はこの夏公演で希佐をジャックに起用した。

演じるのは大手企業の男性会社員。カイ演じるハセクラの後輩にあたる。

今回の公演、カイにとってフミがパートナーなら、希佐はコンビのような存在だ。

その采配についてはカイも驚いたが、理解出来る部分も多くあった。

男子生徒だけで歌劇の舞台を作るユニヴェールは、同性で演じるからこそ、男女差がはっきり出るようにジャックならばより男を、ジャンヌなら女性以上に女を表現するのが習わしだ。

しかし希佐の芝居には性別に囚《とら》われない独特な自由さを感じることがある。

根地はそれを希佐固有の才能ととらえ、活かし伸ばすために、あえて多くの選択肢を持たせようとしているのではないだろうか。

（それが、他クラス組長の不評を買い、転科騒動に発展してしまったが……）

初めてのジャックで大変な中、そのジャックで個人賞がとれなければ転科という条件までついてしまったのだ。

気丈にふるまっているが、人知れず思い悩んでいるのだろう。

そんな希佐を、カイは支えるつもりでいるし、スズもきっと同じだ。

「なぁなぁ、さっきのシーン、もっかい合わせようぜ！」

屈託のない笑顔を向けるスズ。希佐も表情をやわらげる。

新人公演でパートナーを組んだからこそ芽生えた、澄んだ絆がそこにはあった。

（……あ）

世長の表情が、濁った。

世長はスズに向けていた視線を落とし、床の木目をなぞる。

組んでいた手がほどかれ、指先が唇を掻いた。

ただ、ついと顔を上げた彼はいつも通りで、なにごともなかったかのようにジャンヌの稽古に戻っていく。

「カイさん、どうしました？」

そこで、一期後輩である77期生、二年の白田美ツ騎《しろたみつき》が声をかけてきた。端正に作られた人形のような面立ちのジャンヌで、クラスの歌唱を担う歌姫、トレゾールでもある。

「いや……。……美ツ騎、ジャンヌの進捗はどうだ」

「相変わらずフミさんが突っ走ってますよ。ついていくのが大変」

ふぅ、と愚痴るように息をつく。

「まぁ、僕は歌があるから、そっちに集中してますけど。ああ、でも、世長は……」

白田がすっと世長に視線を向ける。

「かなり『厳しい』ですね」

カイも再び世長へと視線を送った。

その背に滲む憂愁がカイには見えた。

2

忙《せわ》しなく日々は過ぎ去り、今日は休日の土曜日。

カイは早朝から稽古場に足を向け、フミとのシーンを繰り返し稽古していた。

（……呼吸が合っていない、ということなのかもしれない）

これまで、稽古中に、あるいは舞台の上で、二人の息がぴったりと合う瞬間があった。

だが、夏公演が始まってからはまだ、その感触が薄い。

カイのダンスが満足のいくレベルに達していないからこそ生じた問題なのではないかと
つい思いそうになるが、それならフミがはっきり言ってくれるはずだ。では、問題はどこにあるのか。

（視点を変えて、根本的な部分から洗い直していくか……）

見落としているなにかが、そこにあるかもしれない。

「カイさん、ちょっといいスか！」

明るい声が響いた。

振り返ると、同じく朝から稽古していたスズが立っている。

「ああ、どうした」

「あの、もしよかったら、でいいんスけど……」

気遣うようにそう前置きして、

「ジャックの基礎、もっかい教えてもらえませんか！」

「基礎を？」

「新人公演で舞台に立って、夏公演で新しい役もらって……出来ることがどんどん増えてる感覚はあるんスけど、その分、基礎が崩れてるような気もして」

スズが自分の感じた違和感を一生懸命伝えてくる。

「どうしてそう思ったんだ？」

「立花と稽古してたら、あれ、立花、すげー格好いいなって思う瞬間があるんです。ジャック初めてで、まだ慣れてないはずなのに、ええー、なんだ今の超いいじゃん！　みたいな。そんで、なんでそう見えるんだろうって考えたんですけど……基礎が出来てるからじゃないかって」

スズがうんうん、と自分の意見に頷きながら話を続ける。

「ルイスはオレに似てるところがあってスゲーやりやすいから、色々作り込んでるんですけど、そのせいで、基礎が抜けちゃってんのかなぁって」

なるほど、と合点がいった。

新人公演期間中、マンツーマンでジャックの稽古をつけていた時もそうだったのだが、スズは基礎自体は頭に入っているものの、いざ表現しようとすると、織巻寿々風のアレンジが加わることが多い。なにをやっても彼の個性が滲み出るのだ。

ただそれが他の人との違いを生み、彼をより輝かせるだろうと、あまり形を押しつけなかった。根地も今はそれでいいと言っていた。

対する希佐は、教えられたことをそのまま教本通りに演じることが出来る。新人公演期間中、希佐にジャンヌ稽古をつけていたフミ曰《いわ》く『視るのが上手《うま》い』そうだ。

どちらが良いということではなく、それぞれの特性なのだが、相反するからこそ目につきそれがより美しく見えるのかもしれない。

ただ、こうやって定期的に基礎に立ち返る瞬間を作るのは、スズにとって良いことだ。カイ自身も根本的な部分を見直そうと考えていたところである。人に教えることで自分自身も学べるかもしれない。

「わかった、やろう」

「やった！　ありがとうございます!!」

喜びがそのまま声に体に現れ、感謝が伝わってくる。

スズはただ自分らしく生きるだけで、多くの人達から信頼を得て愛される人になっていくのかもしれない。

（……ん？）

ふと視線を感じた。

（……世長か）

カイ達と同じように稽古していた世長が、こちらを見ている。視線の先はスズにあるようで、カイの目には気づかない。

「あっ、そうだ！」

そこでスズが振り返り、世長を見た。

目が合い、世長が「あっ」と驚きの声をあげる。

「世長！　世長世長！」

「えっ、なになに、どうしたの……!?」

スズの大声に慌てて、引っ張られるように世長が駆け寄ってくる。

「今からカイさんにジャックの稽古つけてもらうんだけどよ、世長も一緒に勉強させてもらおうぜ！」

「ええっ!?」

急すぎる提案に世長の戸惑いの声が稽古場に響く。

なにせ世長は新人公演も、夏公演もジャンヌ。

それがジャック稽古だなんてと狼狽《うろた》える世長をおいて、スズが「いいッスか、カイさん？　世長もジャック稽古！」と聞いてくる。世長がぶんぶんと首を横に振った。

「だ、ダメだって！　僕ジャンヌだよ！」

「基礎だから大丈夫、世長も出来る！」

「そういうことを言いたいわけじゃないから……！　スズくんだって、マンツーマンで稽古つけてもらったほうがいいよ！」

説得しようと必死な世長に対して、スズも折れない。

「人いたほうがやれること増えるって！」

「だったら他のジャック生を！　僕なんかがカイさんに稽古をつけてもらうなんて……」

世長の声が、自分を痛めつけるように尖った。

それに、思い出したことがあった。

「……物見ついでにやってみたらどうだ、世長」

「えっ」

カイはスルリと会話に混ざる。

「織巻が今言った通り、ジャックの基礎練をするつもりだったんだ。世長も入りやすい」

世長はジャック志望だったそうだ。

本当はジャック稽古をやってみたいのではないだろうか。

ただ、その想いを口にするのは、彼自身の性格的にも、彼をとりまく環境的にも難しいだろう。

「嫌か？」

だから少しだけずるい言い方をする。

世長が「そんなことはないです！」と首を横に振った。必死さが彼の中にある想いを伝えてきた。

「じゃあ始めるか」

カイはやや強引に話をまとめる。

「えっ、あ……」

「ジャックをやることで、幅広い視野を持てるようになるかもしれないぞ」

「……！　………」

この言葉が、自分自身を納得させる理由になったのだろう。

世長が「じゃあ、よろしくお願いします」と頭を下げた。

少しホッとした。

さて、ここから責任重大だ。

ジャックの基礎練習で入りやすいとはいえ、ジャック経験者のスズと未経験者の世長とでは、そのレベルに大きな差がある。

どうせやるなら、二人が楽しく同等に学べる時間にしたかった。

（それから……）

あえて世長の強みが出やすいものを選んでもいいのかもしれない。

「『ワン・ライフ・ジャック』をやるか」

「おわっ、いいスね！」

スズが即座に反応する。

初めて聞いた世長は、不安そうに「『ワン・ライフ・ジャック』……？」と聞き返した。

「なんてことのないジェスチャーゲームだ。『或《あ》るジャック』の人生をジェスチャーで表現するだけ。『或るジャック』は自分でもいいし、別の誰かでもいい」

入学したてのジャックが自己表現のトレーニングとしてやっているゲームだ。

「条件は、お題として出された年齢を、即座に演じること。……見たほうが早いだろうな。織巻」

「うッス！」

「最初は……『5』」

「『5』……よし！」

数字を投げかけるとスズが誰かに向かって大きく手を振って走り出した。無邪気にはしゃぎながら。

落ち着きなく何度も振り返り、笑って駆ける姿は明らかに幼い。

「これ……鬼ごっこ？　子ども……？」

「あれは五歳児だ」

「えっ、五歳児!?　そうか、『お題として出された年齢を演じる』……あっ、スズくんがこけた！」

頭から転んだスズが慌てて立ち上がろうとする。しかし、背中が不自然にビクンと跳ねた。

「織巻、友達と鬼ごっこをしている『5』だな。友達にタッチされた」

「当たりッス！　保育園時代のオレでもあります！」

スズの明るく元気な子ども時代がそのまま見えてくるようだ。こういった自身の体験を表現することに関してスズはめっぽう上手《うま》い。

それじゃあ、とカイは世長を見る。世長の顔に緊張が走った。

数字は決めていた。

「世長は『7』」

「『7』……」

ここで失敗すれば、きっと世長は自信をなくしてしまうだろう。

でも、大丈夫だ。彼の優れた想像力を、新入生歓迎会の即興劇で見ている。

世長は少し考えた後、床に手を伸ばし、『なにか』を拾い上げた。意外と大きく、重そうだ。

それをゆっくり背負うような仕草をする。嬉しそうに、その場でぐるりと一周回る。

スズが「あっ」と声をあげた。

「ランドセルを背負う『7』！」

「あっ、うん、あたり！」

七歳といえば、小学校に入学したての年頃。ネタに出来ることも多くある。

「やり方はわかったか？　繰り返すが、『或るジャック』は、自分でも、別の誰かでもいい。自由にやってくれ」

世長が「はい」と頷く。

「じゃあ、次だ。織巻、『10』」

それから、スズと世長が交互に『或るジャック』を演じていった。

スズの『或るジャック』は、彼の思い出をそのまま見ているようだ。明るく元気な少年。見ているだけで楽しい気持ちにさせてくれる。

対する世長は、世長自身の思い出なのか、他人を演じているかが、不明瞭だった。慣れていないのもあって模索しながらやっているのだろう。芝居も平坦な動きが多く、動きをつけることに苦戦しているようだ。

ただ、ところどころで思考に深く沈む瞬間があり、その直後、ふわりと浮き上がるような良い演技を見せる。

カイは二人を観察しながら、数字を増やしていった。

「織巻、『18』」

「『18』！　『18』、『18』……」

スズがぎゅっと右手を握ると、弾ませるように上下に振る。しかし、なにをしているのかわからない。こちらの反応を見て、スズが今度は左手をクルクルと回し始める。

なにかをかき混ぜるような仕草だ。

「……料理、かな？」

「ああ～、そうなんだけど！　厨房のバイトしてるイメージだったんだわ！」

上手く伝わらず、スズが肩を落とす。

即興劇自体は得意なスズだが、経験のない未来や想像の世界になると、表現の幅が狭《せば》まる。自分で上手く設定を作れないようだ。

「じゃあ、次は世長も同じ数字でやってみるか」

「えっ、あ、わかりました。えっと……」

世長が少し考えて、スッと顔を上げる。

そうかと思えば、また視線を落とすように俯いた。

世長の目が、自身の手のひらを見つめている。

(なにかのメモ、か?)

顔を上げ、また視線を落とす。顔を上げ、落とす。合間に体をぎゅっと縮める。

その動作を繰り返しながら少しずつ横に移動していった。表情は、焦りが増していく。

(そうか)

大学の合格発表、自分の受験番号を必死で探す受験生だ。

緊張と不安に襲われながら。

受験生の足がピタリと止まる。視線が高い場所をとらえる。彼は微動だにしない。動かない。そのまま数秒。

受験生の手がだらりと垂れる。

手にあった受験票が、ひらりと落ちたような気がした。

カイも、スズも、黙ってそれを見ていた。いや——見入っていた。

「……あの」

世長が怖々《こわごわ》こちらを向く。

「わかりづらかった、でしょうか……?」

カイがいや、と否定し、遅れてスズが、

「大学落ちた受験生の『18』!」

と叫ぶ。

「うん、そう! ありきたりではあるんだけど……」

自信のなさゆえか、言い訳するようにそう言う世長。スズが「違う違う!」と大きな声をあげる。

「スゲー伝わってきた! 伝わってきたから、なんかもう、見てるオレも暗くなってなんも言えなくなった!」

「えっ、それっていいのかな……?」

「いいんだよ! だからそのえっと……」

「世長」

しどろもどろになるスズを制してカイが呼びかける。

「続けて『19』で」

世長が目を丸くする。

スズも「えっ」と、ニワトリが左右を見るように世長とカイを交互に見た。

「……いけいけ、世長！」

しかしすぐに後押しする。

世長が頷き、「それじゃあ……」と一つ呼吸を整えた。それが思考の時間。

「……」

世長が動き出す。手の位置が先ほどと同じ、受験票を持つ手。視線は高く、合格者が張り出された掲示板を見ている。

「あいつ、浪人してまた大学受け直したのかな……」

スズが世長には聞こえないように小さく呟く。

「だいぶ余裕ある感じはするけど……」

スズが言う通り、忙《せわ》しなく受験票と合格発表を見比べていた『18』とは違い、『19』はゆるく合格発表を見上げている。

そんな『19』の足が止まった。

彼の目が、受験票を見る。『19』はもう一度掲示板を見上げて、ポケットに手を入れた。その顔に、喜びも悲しみもなかった。

そして終わった。

「……えっ、えっ、どっちだ!?」

スズが戸惑いの声をあげる。

「あっ、わからなかった!?　ごめん、これはえっと……」

「世長、次は『20』で」

「えっ」

カイはその一年後を求めた。

「は、はい」

『20』

彼は宅配のバイトをしていた。仕事終わりの寒空の下、ふてくされるように家路を辿る。

途中で缶コーヒーを買い、立ちのぼる湯気の中、混ぜて隠すようにため息をついた。

『21』。

恋人が出来たようだ。事務系の仕事に就職したらしく、少し明るくなった。

『22』。

恋人と別れた。

（……これは……）

カイが一つずつ数を増やす。

世長は求められるまま、『或るジャック』を演じていく。

一人の人間が確かに存在していた。

「カイさん、根地さんが呼んでますよ」

根地に使われ、不満げな顔をした白田がカイを呼びに来た時には、数字が『49』まで進

んでいた。

「ああ、そうか、すまない。……ん？　もうこんな時間か」

既に昼食時を過ぎている。

「うわ、ホントだ！」

「な、なんだかすみません……」

申し訳なさそうにしている世長に、カイが「いや」と首を横に振る。

「世長のジャック、面白かった。またやろう」

「……！」

世長の表情がいつになく明るくなった。

彼らと別れたカイは、稽古場を出てユニヴェール校舎にある根地の作業部屋へ向かう。

「……」

途中、足を止めた。

世長の才能を垣間見た。

だが、カイの表情は曇っていた。

3

「あっ、カイさん！　またジャックの稽古、いいッスか！」

それからというもの、スズは時間を見つけては、カイに稽古をねだるようになった。もちろん、世長も連れてだ。

迷いのないスズとは対照的に、世長はいつも申し訳なさそうにしている。ただ、「わかった」と答えると、スズ以上に嬉しそうだった。

内容はいつも「ワン・ライフ・ジャック」。

「うあー、世長うめぇ！　今日もちゃんとストーリーある！　え、台本作ってきた!?」

「作ってないよ!?　たいしたことないよ、そんな」

回数を重ねるごとに世長の芝居は熟成され、次々と新しい物語が生まれていく。

ただ共通することがあった。

「世長のワンラ、今日もスゲーせつねーわー」

彼が演じる『或るジャック』にはいつも哀《かな》しみがあった。


（ん……？）

その日もクラス稽古後にほんの少しだけ「ワン・ライフ・ジャック」を行ったのだが、そもそも稽古が長引いたこともあって、短く終わらせた。空腹で早々に稽古場を出ていったスズとは違って、世長は名残惜しそうにしている。

「……もう少しだけやるか？」

「えっ、でも……」

スズがいない心細さと、カイへの遠慮、でも、やりたいという気持ち。それがないまぜになっている。

「じゃあ、数を言うぞ」

こういう時は、少し強引なほうがいい。

「は、はい！」

世長とマンツーマンは初めて。最初こそ緊張していた世長だったが、徐々に落ち着き、カイが提示する数字に合わせて様々なストーリーを生み出していく。感心してしまうほどだ。

ただ、やはりどれも哀しい。

それから充分な時間をとって、世長が満足したあと、月が欠けた夜道を二人、寮へと歩いた。世長はカイよりも五歩ほど後ろにいる。

「世長」

「はい？」

そんな彼を振り返り、カイは尋ねた。

「世長はどんなジャックをやってみたい？」

「えっ」

「もし、ジャックなら、どんな役を演じたい？」

「僕は……でも、僕なんかが……」

世長の歩調が弱まり、止まる。

カイと世長の間に距離が出来、ハッと我に返った世長が、大股で歩いた。

しかし、今度はカイが立ち止まる。焦らなくていいと伝えるように。

世長がまた止まった。

「僕は……」

暗闇の中、静けさが舞う。

「……『不眠王《ねむらずおう》』、格好いいな、って思いました。王様……」

新人公演の演目、『不眠王』。

十年ものあいだ眠れず苦しんでいた王様を、村娘が城の者達と協力して眠らせる物語だ。

王様役がジャックエースのスズ、娘役がアルジャンヌの希佐。

世長とカイはどちらも王様の家来だった。

「王様……いい役だったな、あれは」

カイが相づちを打つ。

「俺なら高圧的な王様を演じたかもしれない」

「えっ」

世長が驚きカイの目を見る。まともに目が合ったのは、初めてのような気がした。

「織巻には織巻の王様が、俺には俺の王様がいる。そもそも俺だから出来る王様を演じなければ、選ばれた意味がないだろう?」

「あ……そうか、そうですね……」

世長の声から固さがとれる。

その中に、かすかな安堵もあった。

「織巻の王様は感情のままに声を荒らげていたが、俺の王様は低く唸るように吠えるかもしれない。……そうだな」

カイはその情景を多い浮かべ、役に入る。

鋭くなったカイの目つきに、世長の肩がびくりと跳ねた。

「『うるさい……！　朝から無神経な小鳥のように騒ぐな……！』」

「……！」

『不眠王』の冒頭、王様のセリフ。

「『オレがお前達と同じように、ぐっすり眠ってスッキリ起きたとでも思っているのか……!?』」

今にも喉笛《のどぶえ》を食い破りそうな苛立つ狼のように、カイは睨みをきかせた。

「……とかな」

カイの表情が、一瞬でやわらぐ。

「……っ！　は、迫力すごかったです！　家臣達、殺されちゃいそう……」

「既に何人も殺した」

「怖っ……!!」

世長が身をすくませる。

「だが、これなら、王に向かう娘の勇気も、愛情も際立《きわだ》つだろう？　城を立ち去ることなく王に仕《つか》え続ける家臣達の想いもな」

「みんな命がけ、ですもんね……」

「世長はどうだ？」

カイがさも自然な流れを装い世長に尋ねた。

「えっ、僕は……」

「どんな王様を演じたい？」

「王様……」

世長がじっと黙り込む。

「……僕なら、人を拒絶しながら、心の奥底で、自分のことを救ってくれる誰かを待ち望んでいる、気弱な王様にするかもしれません」

言葉はなめらかだった。

「臆病で、傷つきやすくて、その弱さを隠すため、攻撃的になる。俺に触れるな近づくなと叫びながら、本当は優しく抱きしめて欲しくて……。だから、誰も来なくなったお城に娘が来た時、もうそれだけで、王様の中に今までなかった感情が芽生えているかもしれません。この子なら自分を救ってくれるんじゃないかって、期待が」

「……だったら毎朝、娘に会えるのを、心待ちにしている？」

世長が「はい」と頷く。

「彼女に期待しているのに、もう既に惹《ひ》かれているのに、酷《ひど》い態度ばかりとってしまう王様は、眠れぬ夜の中、一人恐怖するんです。娘に嫌われたらどうしよう。娘が村に帰ってしまったらどうしよう、って。不安で不安でどうしようもなくて、朝、謁見《えつけん》の間《ま》に行くのも恐ろしい。でも、そこに行かなきゃ娘に会えないから、気づけば誰よりも早く王座について、娘を待っている。そして娘を見るたびに安堵して、娘への想いを募らせていく……」

今、考えて即興で肉づけした内容には聞こえない。

（……世長の中に、台本がある）

彼はきっと、何度も思い描いている。王様を演じる自分を。

「でも……」

世長がふっと息をついた。

「僕の考える王様と娘が結ばれる姿が、上手く想像出来ないんです」

ざわざわと風が吹く。

「王様の想い叶わず、娘は彼女を幸せに出来る誰かにさらわれて」

寂寥《せきりよう》とした風景がそこにある。

「哀しく幕が下りてしまうんです」

王の寂しい背中が見えた。

「……なに言ってるんでしょうね、あはは。ちゃんと台本がある話なのに」

世長が恥ずかしそうに笑った。しかし、笑顔はすぐに崩れ、溶けていく。

世長が街灯を見上げる。どこまでも遠い太陽を見つめるように。

「入学した時、スズくんを見て、思ったんです。『ああ、負けた』って。僕はジャックにはなれないって」

（世長……）

共鳴するように胸がずくりと痛んだ。ずくり、ずくりと、痛みは広がっていく。

「僕は勝てない、僕の夢は……」

世長はそこで言葉を飲み込んだ。それを言ったら終わると、堪《こら》えるように。

「すみません、変な話を聞かせてしまって。じゃあ、お疲れ様でした」

世長は頭を下げ、駆けていった。

呼び止めて、彼の気持ちが楽になる言葉を言いたかった。

しかし、カイはなにも言えなかった。

足元を照らす明かりの中、カイの影がぼんやりと浮かび上がる。

世長とジャック稽古をするたびに思っていた。

世長の作る物語は全て切ない敗北ばかり。苦しみで織り上げた衣を羽織って彼は芝居をしている。

「……」

自室に戻ったカイは、明かりを消した部屋の中、ベッドに横たわりじっと天井を見上げていた。

思い浮かぶのは、見送ることしか出来なかった世長の背中。

なんと言えばよかったのだろう。

カイは目を閉じた。

蘇る光景がある。

カイがユニヴェールの門を叩いたその日。

期待に胸を膨らませた同期達が教室にざわめきを作る中、遅れて姿を見せた生徒がいた。

繊細に作られた形姿《かたちなり》に、性別を感じさせない色香。

教室が静まりかえっていく。

気だるげに持ち上げた視線は全てを飲み込む強さがあった。

それが、高科更文。

誰もが彼を見ていた。視線を外すことが出来なかった。

だが、フミと視線が合う人間は一人もいなかった。彼は誰も見なかった。

カイは机の下、堅く拳を握る。こみ上げたのは羞恥。

ユニヴェールの舞台に立てるのは、フミのような一目でわかる選ばれた人間。自分ではない。自分が彼と同じ空間にいることさえおこがましい。

熱がどんどん下がっていく。凍《こご》えてしまいそうなくらいだ。

カイはこの場から逃げ出したくなった。帰る場所もないのに。

「みんな、揃っているかな？」

穏やかで澄んだ声が響いた。

気づけば俯いていた顔が上がる。

そこには、優麗な青年が微笑みを携えカイ達を見ていた。

凍えそうになっていた体が温かい春色に染まっていくようで、カイは忘れていた呼吸をとり戻す。

「ようこそ、クォーツへ！」

彼がにこりと笑った。

舞台を見ているような胸の弾みを覚えた。

これが、ユニヴェールの至宝と呼ばれたクォーツのジャックエース、立花継希。

彼の一挙一動は、見る人々の心を掴む。

——だが。

（……！　あいつ……）

ほんの少し前、この教室を支配していたフミが、食い入るように継希を見ている。

他の生徒達とは明らかに違う。

獲物を見つけた獣のような瞳だった。

入学して間もない彼が、ユニヴェールの至宝と戦う意思を見せているのだ。

――……無理だ。

カイは改めて思った。

――あんな人達と、同じ場所に立てない。

そう、スズに敗北を感じた世長と同じように、入学したその日に挫折を知った。

ユニヴェールでどうやって生きていけばいいのか、わからなくなった。

「……ふぅ」

まぶたを開けば、見慣れた天井。

世長の苦しみが、今も流れ込んできている。

これだけ気持ちがわかるのに、なにひとつ言葉をかけてやれなかったのは、カイ自身が未だに答えを探しあぐねているからだ。

4

「カイさーん！　また稽古いいスか！」

休日。スズがいつもの笑顔で駆け寄ってきた。隣には世長もいる。

声をかけることが出来なかったあの日の翌日、世長はいつも通りで、今もそう。蒸し返されることを望んでいないのかもしれない。

「わかった。じゃあまた……」

「カイ！」

稽古を始めようとしたところで、真っ直ぐ響く凜々しい声がカイを呼んだ。

「海堂《かいどう》？」

オニキスの組長でありジャックエースでもある、76期生、海堂岳信《だけしん》。精悍《せいかん》な面立ちに自信が滲む彼は、カイの同期だ。

「一体どうした？　立花のことか？」

希佐をジャックに起用した根地に対して、希佐のジャンヌとしての可能性を潰すつもりかと猛反発した海堂。

そんな使い方をするのであれば、希佐をオニキスによこせと言い出したのが、希佐転科騒動の発端の一つ。

「それもあるが、お前のジャックエースぶりも見ておきたくてな！」

「俺？」

「ああ、なにせお前は俺の好敵手だからな！」

海堂はなぜか一年の時からカイを好敵手と呼び、期待を寄せていた。

入学当初からオニキスのジャックエース候補として舞台に立っていた海堂が、名のある役をもらったことのないアンサンブルのカイに、なぜそんな感情を向けてくるのか理解しがたかったが。

「んんっ、赤髪もいるじゃないか！　もしかして、カイに稽古をつけてもらっているのかっ？」

海堂の視線はスズにも向く。新人公演のジャックエース姿を見て、気に入っているようだ。

「はい！　オレ、ジャックエース目指してるんで！」

「ははは、気持ちがいいな！」

迷いなく発したスズの言葉に、海堂が豪快に笑う。

「だったらいい稽古法があるぞ！」

「えっ、なんスか、それ!!」

海堂がビシリと人差し指を立てた。

「礼練《れいれん》だ！」

「れいれん……？」

スズの頭にハテナが飛ぶ。

「誰が一番カッコイイ『礼』……お辞儀が出来るかを勝負するんだ！　どうだ、簡単だろう！」

カイ達がやっている「ワン・ライフ・ジャック」と同じように、オニキス生の間で行われている稽古法だ。

ルールを理解したスズが「面白そうッスね！」と食いつく。

「そうだろう！　ではまずカイから始めよう！」

揃って話が早い上に、急にこちらに飛び火した。

そもそもカイの様子を見に来たのだから、自然な流れかもしれないが、ついていくのも大変だ。

「ほら、カイ！　手本を見せてやれ！」

海堂が急《せ》かしてくる。根地もそうだが、こうなると海堂も止まらない。

「……わかった」

カイはスッと背を伸ばし、腰から頭までピンと張ったまま、ゆっくり深く頭を下げた。

その姿勢を保持して、またゆっくり体を戻す。

「うわ、カイさんのお辞儀、めっちゃキレイ！　たっけーホテルのホテルマンみてぇ！」

スズが感動に声をあげ、海堂も「誠実の手本とも言うべき礼だったぞ、カイ！」と称賛する。

「雇いたいくらいだ！」

冗談とも、本気ともとれない言葉に、カイは「ありがとう」とだけ返した。

「では次はこの俺がやってみせよう！」

海堂が一歩前に出て、制服を正す。その顔には自信がみなぎっていた。

カイは思う。

（……負ける）

海堂は右手を頭上に持ち上げた。その大きく長い指先が、スッとなにかを――恐らく帽子を外す。

彼は見えない帽子を胸に当てると、かしずくように頭を下げた。

その姿はさながら西洋の貴族。

しかしそれだけでは終わらない。

姿勢はそのままに持ち上げた視線が対面にいるのだろう相手に注《そそ》がれる。

甘く挑発するような眼差しだった。

相手は貴族の令嬢か、はたまた敵国の王女様か。

溺れそうなほどのドラマが詰まった一礼は、どんな些細なことでも全力で勝利するという姿勢と、これがジャックエースなのだと思わせる強さがあった。

「……さて、どうかな?」

海堂が胸を張って感想を問う。

「すげーカッコ良かったです！　お城の騎士みてぇ！」

「惜しい、貴族だ！」

「貴族かっけぇ！」

海堂がハハハと豪快に笑う。

「さぁ、いよいよお前の番だ、赤髪！」

バトンはスズに託された。

「おわぁ！　カイさんと海堂先輩を超えられるようなお辞儀か……！　カイさんと海堂先輩に勝てるお辞儀、勝てるお辞儀……！」

スズはジャックエース二人を前にしても、臆することなく挑戦しようとしている。

そして、勝とうとしている。

カイは反射的に世長を見た。

良くない、と思った。

世長がスズを見ている。

「おっし、いきます！」

しかし事は動き出す。

スズはなにを思ったのか、その場に屈《かが》んで正座した。

唇をぎゅっと引き結び、視線は真っ直ぐ前。

スズの手が伸び、床につく。

彼はそのまま、静かに頭を下げた。

(和の礼か)

しかし、スズもここでは終わらない。

「……！」

持ち上げられた体、見えた眼差し。

静けさから一転、彼の目には燃え上がるような闘志が宿っていた。

それが、これからの戦いを予感させる。

見ているカイ達まで燃やし尽くしそうな熱量で、スズの目は勝利だけを見つめていた。

そんな彼から、カイは視線を外せなかった。

「……どうッスかね！」

独擅場《どくせんじよう》を本人が明るくぶち壊す。

「座礼か！」

海堂の口角が、心内そのままにぐっと上がる。

「同じ土俵でやっても勝てそうにないし、だったら『和』かなって！」

「これは一本とられたな！　三人の中で一番カッコ良く、美しい礼だったぞ！」

（不味《まず》い）

カイは焦った。

止めなければ。だが、どうやって。

「じゃあ、優勝は赤髪、お前だ！」

断言した海堂に、スズが「あっ、ちょっと待ってください！」と慌てる。

「どうした？」

「まだ世長が……」

共にジャック稽古をしていた相手。そう、世長創司郎。

――しまった。

「僕は」

世長らしくない早口だった。

「僕は、ジャンヌですから」

笑うように、泣くように、彼は言った。


「……世長！」

稽古を切り上げ、逃げるように立ち去った世長を追いかけ、ひきとめる。

世長はすぐに振り返った。

「すみませんでした！」

世長が勢い良く頭を下げる。

「せっかく色々教えてもらっていたのに……」

「いや、それはいい。それよりも――」

「すごいですよね。あんな一瞬で、人の心を摑めるんですから。僕にはあんな『主役』の芝居は出来ないなぁ」

世長の晴れやかさは諦めが生み出した哀しい仮面。

「同期って、遠いですね」

選ばれる人間と選ばれない人間。

同期という囲いにいながら最も遠く果てしない相手。

「僕、ジャンヌを頑張ります」

切り替えるように世長が言った。

「教えてもらったこと、きっと役立てます」

世長の決意は固い。

「……わかった。織巻には俺からも言っておく」

「気を遣わせてしまってすみません」

「いや、いい」

世長がふと表情をやわらげる。

「カイさん、僕、すごく楽しかったです。ありがとうございました」

稽古場に戻ると、スズが壁を背に座り込んでいた。表情は暗い。

こちらに気づくと立ち上がる。

「カイさん。世長は……」

「ジャンヌの稽古に専念したいと言っていた。ジャック稽古は、必ず役立てると」

「……もうやんねーってことですか?」

「……ああ」

「…………」

スズがじっとカイを見てから、再びその場に腰を下ろし、黙り込む。

「……織巻、お前が責任を感じる必要はないからな」

世長もスズを責めたいわけでは決してない。

世長自身も気づいているはずだ。自分が過剰なまでにこの織巻寿々という存在を意識していることを。

恐らく世長にとって、スズは負けたくない相手なのだ。

それがゆえにスズと自分の差ばかりを見つけて繊細に傷つく。

眩しい同期は、見つめ続ければ目を灼《や》かれる。

この感覚は、自分や世長じゃなければわからないだろう。

出会った瞬間に敗北を知った、遠い、遠い同期――

「遠いッス」

ぽつりとスズが呟いた。

「世長が遠いッス」

反応出来なかった。

聞き間違いかと思った。

ただ、鼓膜に焼きついた声が、カイの頭を殴るように響く。

遠い。

「世長、ジャック志望なんです」

スズは俯くことも、天を仰ぐこともせず、どこか遠くを見るように。

「今はジャンヌだけど、準備しておけば、いつかチャンスが巡ってくるかもしんない。世長の夢、摑めるかもしれない。だから、ほんの少しでも稽古しておけばいいんじゃないかって……」

スズの視線は真っ直ぐだ。だけどその視線の先に、誰もいない。

「でもそれってオレの気持ち、押しつけてただけなんですよね」

スズの良く通る声が、しぼむように小さくなっていく。

「世長、オレにないもんいっぱい持ってて、すげーな、羨ましいなって、よく思うんです。だけど、それ伝えても『たいしたことないよ』『スズくんのほうがすごいよ』って。それがなんか、すげー距離とられてるカンジして」

ドクリと心臓が鳴った。

覚えがあったのだ。

スズと世長のことではない。

カイとフミだ。

「追いかければ追いかけるほど、離れていっちまうんです。でも、追いかけなきゃ、あいつはもっと遠いところに行っちまいそうな気がして」

同期を遠いと思うのは、世長の、そしてカイの、舞台の中心になれない人間だけの特権のような気でいた。

「世長と一緒に頑張っていきたいんです。同期だし、友達だから。カイさん、オレ……」

スズがカイを見た。

「寂しいです」

その夜、ベッドに横たわり眠ろうとすればするほど、眠気は無情に去っていった。

思い浮かぶのは世長とスズの姿。

カイとフミの姿。

(織巻とフミは違う。だが……)

フミも、スズと同じように思うことがあるのだろうか。カイが遠い、と。

それが彼を傷つける日もあるのだろうか。傷つけ続けているのだろうか。

そんなこと、全く望んでいないのに。

体に無数の手が這い、引きずり込まれるような感覚を覚え、カイは起き上がる。

「……」

目を閉じて、頭の中を空っぽにしようとした。

「……ダメだ」

世長の哀しそうな顔、スズの寂しそうな顔が交互によぎる。

フミも、カイとの関係を『寂しい』と思うことがあるのだろうか。

もしそうなら、どうするべきなのか。

「……実力があれば」

きっと世長もそう。自分に自信が持てるだけのものがあれば全てを変えることが出来る。

そしてそれがなによりも難しい。

努力を続けていれば、いつか同期に近づけるのだろうか。

間に合うのだろうか、ユニヴェール歌劇学校生という短い時間の中で。あの華に、才能に、持たざる者が、持てる者に。

心がゆっくり沈んでいく。

「……」

カイは逆らうように立ち上がった。そのまま部屋を、寮を出る。

行き場のない感情が、カイを稽古場に向かわせた。

稽古場の扉は夜と同じように暗くて重い。

稽古場の中も、同じであるはずだった。

「え……」

カイの口から無防備な声が漏れる。

稽古場の真ん中で、歌う人がいた。

全てを包み込む優麗な歌声。波立つカイの心にしみ込むほどの優しい響き。

まるで、迷子の子どもに道を指し示す、穏やかな月明かり。

自然と、名前を呼んでいた。

「継希先輩……？」

立花継希の気配がした。

（違う）

しかし、名を呼んで、すぐに違和感を覚える。

頬を撫でるような歌声が、あまりに優しすぎる。あの人は、こうまで優しく歌わない。

カイは目を凝らした。

（……立花）

継希と同じ名字を持つが、継希とは違う。カイの後輩である立花希佐が、そこにいた。

どうやらジャックの稽古をしているようだ。

（継希先輩と立花を見間違えるなんて――）

――眠れないの、カイ？

ふわりと蘇る思い出があった。

立花継希がいた時代。カイが一年生だった頃。

今日みたいに上手く眠れず、稽古場に足を運ぶことがあった。

そこで、無心に稽古する継希に出会ったことがあった。

声をかけるのも恐れ多い偉大な先輩が、カイを見てにこりと笑う。

『一緒に稽古しよっか』

ユニヴェールの至宝相手に稽古だなんてと戸惑うカイを、継希が『ほら、おいでよ』と招く。

恐る恐る並ぶと、継希がじっとカイを見上げた。

『……どうしました？』

継希がふふ、と目を細め、鏡を見る。

『カイの隣に並ぶと、カイがジャックエースで僕がアルジャンヌみたいだね』

カイの体は既に成熟し、背丈は高く、肩幅も広かった。

しかし、相手はユニヴェールのトップジャックエースだ。カイは『とんでもない』と否定する。

『そう？　でも、ほら』

継希がゆったりと踊り出した。まとう空気はジャックのものではない。優しく、甘いジャンヌのダンス。その変貌に驚く。

そういえば、継希は一年の時、アルジャンヌだったらしい。

継希のアルジャンヌには、あどけない、優しい少女の気配がした。継希がアルジャンヌとしての道を全うしていれば、稀代のアルジャンヌとして名を残していたかもしれない。

しかし、継希はすっとダンスをやめ、クスクス笑った。

『あー、やっぱりフミにはかなわないね』

慣れないことをした、と継希が肩を回す。

『継希先輩から見ても、高科はやっぱりすごいんですか？』

継希の気取らない姿に、ふと、言葉が出た。聞いてから、不躾《ぶしつけ》だったと後悔する。だが、継希はすぐに『すごいよ』と返してくれた。

『舞踊の家元として踊ってきただけはある。……そう言ったらフミは嫌がるだろうけどね。きっと……こう』

継希が肩を傾け、気だるげに首を押さえた。

『なに言ってんですか。家と俺は関係ねーし』

その立ち居振る舞いがフミそっくりで、思わず笑ってしまう。

悪戯《いたずら》が成功した子どものように継希が笑った。

『フミ、天性のものもあるし、生まれ育った環境のこともあるし、なにより負けず嫌いだからね。まぁ、あれで繊細なところもあるけど』

『繊細、ですか』

いつもギラついた眼差しで継希を見るフミからは想像出来ない言葉だ。だが、どんな人にだって意外な一面はある。

『フミは強がりでもあるから、そういう弱い部分は見せないようにしてるけど……』

継希がカイを見て、にこりと笑った。

『意外とカイは、フミと合うかもしれないね』

『えっ』

『カイがジャックエースで、フミがアルジャンヌ』

カイはまさか、と否定した。

かたや、一年でありながら他クラスの先輩アルジャンヌ達と戦うクォーツの新たなエース。

かたや、舞台で前に出ることも目立つこともない一ジャック生。

新人公演でジャックエースを務めた同期だって他にいる。

『俺なんかがジャックエースだなんて……』

このままアンサンブルとしてユニヴェール生活を終えることになるだろう。それでいいと思っている。ユニヴェールの舞台に関われる、それだけで、いい――

『カイ』

強く呼ばれた。

継希の顔から笑顔が消え、息が詰まるような真剣味を帯びている。

継希がカイを真正面から見つめ、口を開いた。

そして――そして？

あの人は、なんて言っていた？

それから、あれから、そういえば。

（継希先輩も、あの日、眠れなかったんだろうか……）

「カイさん？」

「……！」

呼ばれてハッと顔を上げた。

見れば希佐がこちらを向いている。

「立花……」

「お疲れ様です。こんな時間に稽古ですか？」

「あ、ああ……。立花もか？」

「はい」

明かりもつけず一人稽古していた希佐だが、表情は暗くない。

「カイさんが役のことについて色々と指導してくださったおかげで、視界が広がって……自分に出来ることが見えてきたんです。」

夏公演、ジャックに選ばれ悩み苦しんでいた希佐が、ここ最近、ようやく抜け出すことが出来た。

自分と人を比べ、ジャックとして自信が持てず苦しんでいた希佐に、カイが言ったのだ。もっと役を見ろと。

背丈の違う人間を演じる必要はない。

全く違う顔の人間をやる必要はない。

希佐が演じる役も、希佐と同じ体、声をした人間なのだと。

カイにとっては、ささやかなアドバイスだった。

でもそれが、希佐を変えた。

「やりたいこと、試したいことが増えました」自分には出来ないと思っていたことでも、稽古を重ねていれば、気づきを得れば、出来るようになることがあるんですね。カイさんのおかげで、より強くそう思えるようになりました」

「俺はたいしたことはしていない。お前がたぐり寄せた結果だ」

カイは穏やかに返す。心からそう思っている。

だけど、カイ以上に穏やかな声で、凜とした眼差しで、希佐は「そんなことないです」とまろやかに否定した。

「カイさんのおかげで、改めて『限界なんてないんだ』って思えるようになれました」

希佐の言葉はなにひとつ濁りはなく、澄んでいる。

――カイ、自分で自分の限界を作ってはいけないよ。

突如、鼓膜の奥、頭の中の深い場所で真っ直ぐな声が響いた。

(継希先輩だ)

そうだ、あの日、眠れず稽古場に足を向け、継希に会ったあの日。

自分なんてと卑下するカイに継希が言った。

――カイ、自分で自分の限界を作ってはいけないよ。ユニヴェールは自由な場所なんだから。

どうして忘れていたのだろう。

前に出ることも、舞台の真ん中に立つこともなくユニヴェール生活を終えるだろうと思っていたカイには、あまりにも眩しく、遠く、直視出来ない言葉だったのかもしれない。

だけど今になってその言葉が、カイの胸に広がっていく。

そして思った。

もし、この言葉を世長に伝えることが出来たら、なにか変わるのではないかと。

(だが……)

それを言うには、カイ自身が殻を破り、限界を超える必要がある。

でも、どうやって?

「私、カイさんのお芝居が好きなんです」

一人、思考の海に沈みそうになる前に、希佐が、ゆったり言った。

「芝居? 俺の?」

「はい。だから、稽古中もつい見てしまって……。それから」

希佐が眩しそうにカイを見て、言う。

「カイさんとフミさんのパートナー関係もカッコ良くて好きです」

「……!」

どうして急にそんなことを言い出したのだろう。しかし希佐の顔は、ずっと言いたかったことがやっと言えた、そんな爽快感で満ちている。

継希の隣に立っていたフミを知らないから、言える言葉かもしれない。

だが、希佐は心からそう思っている。そんな後輩の言葉を、否定出来るだろうか?

「……そうか。ありがとう」

素直に受けとめるのと同時に、凝り固まっていた思考が優しくほぐれていくような感覚を覚えた。

――自分で自分の限界を作ってはいけないよ。ユニヴェールは自由な場所なんだから。

今までずっと、自分に出来ること、出来ないことをシビアに判断し、その中から最良の道を選んできた。

だが、もっと、自分に期待してやらなければいけないのかもしれない。

まだ出来る、もっとやれると。

人に期待することも自分に期待することも傲慢だと、遠い昔に諦めたカイには難しいことだけど。

それでも、いつか出来る日がくるかもしれないと思い描き続ける勇気が、人を変えていくのかもしれない。

「まだ、稽古するのか?」

尋ねると、希佐が当たり前のように頷く。

「だったらつき合う」

「いいんですか?」

「ああ」

希佐は「ありがとうございます」と感謝して、カイを真っ直ぐ見つめた。

「どうした?」

「カイさん、私……」

穏やかな希佐の目に、強い光が宿る。

「夏公演で、必ず個人賞をとります。カイさんが教えてくれたことを結果として残します」

「……！」

必ず、と希佐は繰り返した。

カイの言葉が、希佐の中に確かに息づき、それが芽吹いて花になるのかもしれない。

これまで幾度も自分に力があればと思った。

自分の限界ばかり目についた。

でも希佐は、カイには力があるのだと思わせてくれる。

それが自惚《うぬぼ》れであっても、たまには溺れたらいいじゃないか。

それに、自分に可能性を見いだせれば、世長やスズに言える言葉も変わってくるかもしれない。

フミの隣に、当たり前のように並べる日もくるかもしれない。

夢のような話だけれど、夢を見てもいいじゃないか。

ここはユニヴェール、自由な場所なのだから。

5

「はーい、次はフミカイの社交ダンス！」

根地の言葉にカイはフミの手をとる。そして、リードするように踊り出した。フミに比べれば、カイのダンスの技術はやはり拙い。

しかし、全神経をフミに集中させる。

彼が自由に踊れるように、華やかに舞えるように。

フミが一気に前に出ようとする。いつもの流れだ。

（……ここか！）

カイはフミの動きを制した。

「……！」

合わさった手から彼の驚きが伝わってくる。

「………」

だがフミは、勢いを飲み込んで、カイのリードに任せた。

そして、音楽が最高に盛り上がる瞬間、フミを一気に前へと押し出す。

「うおっ、フミさんきた!!」

些細な変化だったにもかかわらず、クォーツの稽古場に今までにはないどよめきが起こった。

（華として目立たせようとするあまり、フミを前に押し出しすぎていたのか）

どれだけ素晴らしい風景であっても、それが毎日同じように存在していれば、慣れが生まれる。

フミが最初に言っていた「前に出すぎている気がする」が全てだったのだ。

フミとの呼吸がカチリとハマる音がした。


「はー……」

ダンスが終わり、カイは今までにはない疲労感で息をつく。しかし、零《こぼ》れた汗が心地良い。

「おい、カイ」

フミがカイの脇をこづいた。

「いいじゃん」

フミがニッと笑う。

その一言だけで充分だった。

「この勢いで、もっと前に出たらどうだ？」

「それじゃあ器の役目が果たせない」

さらなる要求は却下したが。

稽古が終わり、寮の食堂に入ると、希佐とスズ、そして世長が同じテーブルを囲んで夕飯を食べていた。スズが楽しそうに話し、希佐が穏やかに頷き、世長も静かに微笑んでいる。

親しい三人の、なにげない日常。楽しそうにしているが、その心の内はわからないし、きっと日々変化している。

彼らを見ていると、どうか良い方向へ向かってほしいと願わずにはいられない。

彼らにもそれぞれ夢を見て欲しい。

ユニヴェールは自由な場所なのだから。

JACKJEANNE

涙かんざし

JACKJEANNE

1

「スズくん、せっかく誘ってくれてたのにごめんね。でも、みんなでジャックの稽古出来て、楽しかったよ。ありがとう」

気遣うような、申し訳なさそうな顔で世長《よなが》に言われた。

「でもよ」と食い下がろうとすると、世長が困ったように笑う。

だからもう、なにも言えなくなった。

クォーツ78期生、織巻寿々《おりまきすず》、世長創司郎《そうしろう》、立花希佐《たちばなきさ》の三人は入学して間もないころ親しくなった。

運良く三人とも新人公演で役をもらい、励まし合いながら舞台に立ったのがもう一か月以上前。

今は七月。夏公演準備の真っ最中だ。

一年生主体だった新人公演とはうって変わり、クラスでも実力のある人間が前に出て歌劇の舞台を競い合うことになる夏公演で、スズは一年ながらに良い役をもらうことが出来た。主役のライバルポジションだ。

子どもの頃から剣道に励み、団体戦などでは重要な局面を任されることが多かったスズはしっかり理解した。

——結果を求められている。期待されている。

その心地良いプレッシャー。

役名はルイス。大手企業に勤めるハセクラの同期でエリート社員。

明るく社交的だが、無遠慮、無神経なところが玉にキズ。そのとばっちりを、気の弱いハセクラがいつも受けている。

この役にスズはハマった。

各学年、優秀な上位三名の生徒に与えられる個人賞も、夢ではない。

でも、と思うのだ。

悪意も悪気もないルイスの明るさが、ハセクラを追い込み苦しませる。

それがそのまま、困った顔をして笑う世長の姿に重なった。

(オレが悪いのかな……)

夏公演に入ってから、世長はぽつんと一人でいることが増えた。

2

一週間の終わり、新たな週への備え、日曜日。

「……行くか」

朝早く目覚めたスズは、日課であるランニングをするため外に出た。

空は青く、白く浮かぶ入道雲。まさに夏。だが、朝早いのもあっていくらか涼しい。

普段は校内を軽く走るのだが、せっかくの天気がいい休みだ。気分を変えるためも、ユニヴェールを抱くようにそびえ立つ大伊達山《おおだてやま》を走ることにした。

大伊達山には様々な登山道があるのだが、スズは中でも勾配が激しい道を選ぶ。

「ほっ、ほっ、よっ、……っと」

湿った落ち葉が重なる道。

土をかぶる木の階段。

隆起するように飛び出した岩場。

道は次々と姿を変え、スズを走ることに集中させてくれた。

険しい道ということもあって、人の姿はない。スズの呼吸に時折、鳥の声が混じるだけ。

もう一坂越えれば、玉阪座《たまさかざ》の始祖、初代・玉阪比女彦《ひめひこ》を祀った神社が見えてくる。

また鳥が鳴いた。

スズは誘われるように、山の奥へと視線を送る。

「……ん？　あっ！」

道から離れた森の中、一人佇《たたず》む人がいた。

「どうしたんだ、あいつ……」

スズが森のほうへと足を踏み出す。

「んおっ!?」

すると、スズの視界に刺すような光が飛び込んだ。

「なんだ、なんだ」

眩しさに顔を背けて足を引く。すると光が見えなくなる。

姿勢を戻して、一歩前に進む。また光った。

森の中、太陽の光に反射して光るなにかが、この位置からだけ見えるようだ。

一体、光源はどこにあるのだろう。

「ええっ、木……？」

樹齢は数百年にものぼるだろう、ねじれるように太く大きく伸びた樫《かし》の老木。その腹のあたりが光っているように見えるのだ。

そして、そんな老木を、立花希佐がじっと見上げていた。

「立花！」

登山道から森へと下りながらスズが呼びかける。

希佐はすぐ振り返った。

「あれ、スズくん。おはよう。ランニング？」

「おお！　お前も？　この道使ってんの初めて見た」

体力作りのために大伊達山でランニングをしている生徒は少なくない。ただ、この道を使うのはカイやオニキス生といった体力自慢に限られていた。希佐を見かけたのは初めてだ。

「私はトレッキング。こっちの道、来たことがなかったから歩いてみたくて」

「そうなんだ。景色いいよな、ここ」

スズが希佐の隣に並ぶ。

「でも、すごく険しいね。歩くだけでも大変だよ。この道を走れるなんて、スズくんすごいな」

希佐が苦笑する。

――羨ましいな。

そう言っているようにも聞こえた。

「立花も慣れりゃあ走れるって！」

反射的に返した言葉は、思いのほか語気が強かった。

スズを褒め、自分には無理だとジャック稽古を辞めた世長の事が気になってしまったのかもしれない。

「そうかな？　だったら今度チャレンジしてみようかな」

しかし、希佐の声色は柔らかく、スズの不安を優しく払ってくれる。

(うわー、オレ、今、神経質になってんのかも)

それを希佐に見せてしまったのがなんだかカッコ悪くて、スズは気持ちを切り替えるようにぶんぶんと首を大きく左右に振る。

希佐はユニヴェールで最初に出来た友達で、同じ舞台で主役を張った相棒で、常に意識しているライバル。希佐もそう思ってくれるような相手でいたい。

スズは「おし！」と気合いを入れ直す。

「んで、そこ、なにがあるんだ？」

話を切り替えて、老木を見上げる。

「スズくんも気がついた？　光……」

「おう、立花見つけた流れで。お前はなんで気づいたんだ？」

「森の奥にイタチがいたんだ。それで近づこうと道から外れたら……」

希佐がスッと指さす。

「見て、あそこ。洞《うろ》」

希佐が高く指さした場所に、ジュース瓶がすっぽり入りそうな縦に細長い穴がある。確かにあの辺が光っていた。ただ、中は見えない。

「ん～……」

スズはぐっと背を伸ばす。背の高いスズが目一杯手を伸ばしても、孫の手一本分ほど距離がある。

老木の太い根が四方に伸びるこの場所では、ジャンプするのもままならない。

「登れるっちゃ登れるんだけど……」

この老木に足をかけるのは、なんだか気が引ける。

「木を傷つけちゃうの、なんだか怖いよね」

希佐も同じ感覚らしい。

それでも、中にあるものが気になるのだろう。

希佐がスズと同じように届かないとわかっていながら手を伸ばした。

「……あ、そうだ!」

その手を見て、スズがパッとひらめく。

「立花、リフトだ、リフト」

「リフト? あ、そうか! ちょっと待ってね」

希佐が木と距離を詰めて向かい合い、気合いを入れるように手を腰にぐっと押し当ててから「いこう」と答えた。

スズが希佐の背後に回る。

「おし、じゃあ……」

スズは希佐の腰に両手を添え、「せーの」と合図し、揃って膝を落とした。

「いよっ！」

そして希佐の体を一気に持ち上げる。

新人公演のダンスでもペアでやった、リフトだ。

希佐の足が土から離れ、全体重がスズの両腕に乗る。

（軽ッ‼）

毎回新鮮に驚いてしまうが、しっかり支えた。

「どーだ立花？」

「中が見える。あっ」

「なんだなんだ」

「なにかある！」

希佐が空洞の中に躊躇なく手を突っ込んだ。

「おい大丈夫か、変な生き物いねーか⁉」

鳥やネズミならまだいいが、蛇でもいたら大事だ。

「あった！」

「えっ、なにが⁉」

しかし心配無用とばかりに希佐が言い、手を引き抜く。

「スズくん、たぶんこれだ！」

「え、なになに⁉」

慌てながらも希佐を丁寧に下ろして、その手の中にあるものを凝視した。

「……簪《かんざし》？」

いくらか汚れはあるが、銀色に澄んで輝く簪だ。

「立花、見てもいい？」

「うん」

スズは手渡された簪をまじまじと見る。

簪には平たい丸飾りがついており、その飾りから軸足が二本伸びていた。

「なんでこんなもんが木の中に……カラスが持ってきたのか？」

スズは簪をひっくり返す。

「ん？」

「どうしたの？」

「ほら、これ」

丸飾りに、模様が刻まれていた。

「『八』の字と、ねじった紐みたいなものが描かれているね」

「これさ、拍子木《ひょうしぎ》じゃね？」

ピンとこなかった希佐が「拍子木？」と尋ね返してくる。

「ほら、『火の用心』って言いながら打つやつ」

子どもの頃、祖父母の家に行った時、地域行事の一環で拍子木を打ちながら夜回りしたことがあった。

「火のよーじん！」

スズがかけ声とともに拍子木を打つ動作をすると、希佐が「ああ！」と声をあげる。拍子木がなにかわかったようだ。

「ホントだね、似てる！」

「な！　……まぁ、それがわかったところでなんだって話だけど」

（誰の簪なんだろ、いつから木の中にあったんだろ）

簪への興味がどんどん膨らんでくる。

「おやぁ？　静かな森に似合わぬクソでけー声がすると思ったら、織巻くんじゃないかぁ！」

「んおっ!?」

そこで、スズとは別種の良く通る声が、スパンと森を駆け抜けた。

「ね、根地《ねじ》先輩！」

クォーツの組長であり、演出家であり、脚本家でもある才人、根地黒門《こくと》が登山道からこちらを見ている。

「オプションで立花くんまで！　二人揃って道から外れてどうした！　先輩興味津々だよ、説明したまえ、今すぐに！」

さぁ！　さぁ!!　と根地が急《せ》かしてくる。こうなったらその勢いに巻き込まれるほか、道はない。

　スズ達は根地に駆け寄り、経緯を説明する。

「ふーん、大伊達山の老木に簪ねぇ……。どれ、見せてごらん」

　簪を根地に手渡すと、根地は簪を太陽にかざした。簪が眩しいほど光る。

「……立花くん、木の洞にあったのは簪だけかい？　他になにか、包みのようなものはなかった？」

「包みですか？　……あっ、そういえば、簪の周りに、あの木とは違う明るい色の、木片のようなものがありました。もしかしたら、木箱の破片かも……」

「なるほどね。年代物なんだけど、保存状態は思いのほかよろしいのよ。木箱に大事にしまわれていたおかげじゃないかしら。でも、長い年月、雨風に晒された木箱は朽ちて、むき出しになった簪が、光を受けて君達を引き寄せたと」

　スズは「え、でも……」と疑問を抱く。

「箱に入った簪ってことは、誰かが直接あそこに置いたんですか？　あんな高い場所に？」

「誰かが簪を持ってここに来た時は、老木の背丈がいくらか低かったとは考えられない？　あの洞が手に届くくらいに」

　スズが「なるほど……！」と手を打つ。

「まぁ、妄想仮説だけどね！」

納得したスズに、自分の論を否定するような勢いで根地が言い放った。

「……でも」

根地が簪をスッとこちらに向ける。

「この簪は人の手で意図的に隠されたものだと思うよ」

スズと希佐は揃って「えっ」と声をあげた。

「根地先輩、理由知ってるんスか!?」

「まぁねぇ」

もったいぶる根地に、スズが「教えてくださいよ!」と前のめりになって言う。根地はふふんと鼻を鳴らして、簪をスズに返した。

「だったら調べてごらんなさい」

「ええっ!?」

「でなきゃ面白くないでしょ〜」

そう言って、根地がスズ達に背を向ける。

「ちょ、ちょっと根地先輩!」

「頑張ってね〜」

引き留めようにも根地の足どりは軽快で、難所と言われるこの道をひょいひょいと上っていってしまった。

嵐が過ぎ去り、森には再び鳥の鳴き声だけが残る。

「……どうするよ」

「うーん……」

困ったように顔を見合わせて、お互い簪を見る。

「……私、調べてみようかな」

「えっ、マジで？」

希佐の回答は前向きだった。思い切りの良さにスズのほうが驚く。

「根地先輩が『調べてごらん』って言うくらいだから、探せば見つかる答えがあるのかも」

希佐はこの夏公演で、舞台のためとはいえ、根地にかなり振り回されていた。

カイと稽古を積むことで大きく前進出来るようになったが、だからこそ、根地なら乗り越えられる試練しか与えないと信じたいのかもしれない。

希佐が「それに」とつけ足す。

「なんだか気になるから」

希佐は労《いたわ》るような視線で簪を見つめた。その顔を見てスズも決める。

「……じゃあ、調べてみっか！」

「えっ、いいの？」

「おう！　オレも気になるしさ！　簪の秘密、解き明かしてやろーぜ！」

スズが決意とともに簪をぐっと握りしめる。

希佐が「うん！」と頷いた。声が弾んでいた。不思議と、スズの心も弾んだ。

だが、ここからが問題だ。

「なにから調べたらいいいんだろうね」

正直、スズも皆目見当がつかない。

(こういうのは世長が得意なんだけどな……)

でも、と心に影が差す。スズが世長に声をかけていいのだろうか。

自分が誘うことで、また世長を傷つけることにならないだろうか。

「スズくん？」

「あっ、いや、……世長に連絡してみようぜ！」

だからって声をかけないのは不自然だし、気持ちが悪い。

「私もそう思ってた」

「だよな！　おし……」

スズは携帯をとり出し、世長に電話をかける。

「……」

コール音が数回続くが反応はない。

「出ねーな……」

たまたま気づいてないだけか、それとも。

そんなことを考えてしまう自分が嫌で、もう一度電話をかけた。

やはり出ない。

「忙しいのかもしれないね。メッセージだけ送っておこうか」

すると、今度は希佐が自分の携帯をとり出してメッセージを打ち始めた。

「『大伊達山で不思議な簪を見つけて』……」

根地に説明した時と同じように、簡単な経緯を文章にしたためる。

「……『時間があれば連絡してね』。これでいいかな。よし、送信、っと」

一拍おいて、希佐が顔を上げた。

「やっぱり反応ないや。忙しいんだろうね」

「あ、そうか。だったら、絶対そうだな」

スズの肩の力が抜けた。

「えーっと、じゃあ……って、振り出しに戻っただけか。どうする？　とりあえずネットで検索かけてみる？」

「そうだね、簪について……」

しかし、ここにきて急に電波が悪くなった。二人揃ってネットに繋がらない。

「山ってこういうことあるよなぁ……！　仕方ねぇ、いったん下りるか。ユニヴェール戻ろうぜ」

「うん」

スズ達は山を下り始める。

ユニヴェールの位置を確認するように見下ろすと、玉阪市の全景も見えた。

「……あっ」

「どうしたの？」

「玉阪坂に、簪おいてる店なかったたっけ？」

玉阪座駅からユニヴェールを繋ぐ大通り、玉阪坂には数多くのショップが並んでいる。

休日に街を出歩くことが多いスズは、ショーウィンドー越しに簪を見た覚えがあった。

バトル漫画で簪を武器に戦うキャラクターを見た影響で「あれで殺すのかー」なんて物騒なことを思った記憶もある。

「あー……和小物をとり扱っているお店かも」

「そこ行きゃなんかわかったりしねーかな」

ネットや本で調べるよりも、現物を見るほうがスズには向いている。

それに——

「街でなんか食いてぇ」

いつの間にか日が高く昇り、山を下りる頃には昼食時だ。

希佐は一瞬きょとんとしたが、すぐに笑って「うん、行こう！」と答えた。

3

休日の玉阪坂は、いつも人で賑わっている。

「おお～、意外と色々並んでるな」

昼食を食べてからお目当ての和小物店に入ると、意外と奥行きがあり、ガマ口や手ぬぐい、扇子に巾着、陶器の人形に和傘など、様々な品が並んでいた。

「立花、これだ、これ！」

その中でも目立つところに、簪が置いてある。

「へー、結構種類があるな」

丸いガラス玉がついたものや、櫛《くし》のような形をしたもの、豪華な花飾りがついたものなど、様々だ。

値段は全てお手頃価格。誰でも買いやすい品を置いている店なのかもしれない。

「ねえ、スズくん、これ、形が似てない？」

「えっ、どれ？」

希佐が「これ」と指さす。

漆塗《うるしぬ》りの表面に金の蒔絵《まきえ》が施された豪華なものだが、丸く平たい飾りがついており、スズ達が見つけた簪に似ている。

「『平打ちかんざし』って書いてあるな」

スズは携帯でこのワードを調べた。

「あっ、もっと似てるヤツ出てきた！」

金属だけで出来た平打ちの簪だ。銀製のものが多く、銀平《ぎんひら》と呼ばれているらしい。

丸飾りの装飾は、花や羽、菱形など多様にある。

「……あれ、これもしかして家紋か？」

その中に、冠婚葬祭で見かける織巻家の家紋によく似た装飾もあった。

「簪に家紋を入れて身につけてた人がいたみたいだね」

「だったら、この拍子木も家紋なのかな」

スズと希佐は、拍子木の家紋がないか検索する。

「あっ、スズくん、あった！　形はちょっと違うけど、拍子木の家紋、あるみたいだよ！」

希佐が見せてくれた画像には、太い縦線が二つ並ぶ家紋。拍子木の角度は違うがよく似ている。

「へー！　じゃあ、この簪の持ち主って、拍子木が家紋なのか！」

謎が一つ解けてスズは興奮する。

このまま全ての謎が解けるような気さえしたが、調べても調べても、簪が大伊達山の木の中に隠されていた理由には行き当たらない。

「もしかしたら……家紋は関係ないのかも……」

希佐が表情を曇らせながら、結論づけるように言った。

「うわー、マジかよ！　トラップじゃん！」

また振り出しだ。スズが頭を抱える。

「根地先輩、なんで簪チラッと見ただけで理由わかったんだ……!?」

簪になにを見たというのか。

希佐がうーんと腕を組む。

「根地先輩、こういう骨董品にも詳しそうだからなぁ……。私達じゃ見えない情報があるんだろうね」

根地と自分達ではそもそもの知識量が違う。

（特にオレと根地先輩の）

ただ、希佐の言葉はヒントになった。

「それ、いいかも」

「えっ、なにが？」

「比女彦《ひめひこ》通りにあるんだよ、骨董品店。そこでこの簪を見てもらったらいいんじゃねーか？」

玉阪坂から横道を通り抜けた場所にある、比女彦通り。

玉阪座に続くこの道は古い建物が並んでおり、かつて宿場町だった面影を残している。

その比女彦通りに骨董品店があるのだ。

「……スズくんって」

「うん？」

希佐の大きな目が、零《こぼ》れそうなほどさらに大きくなってスズを見る。

「なんでも知ってるね」

「オレが!?」

そんなこと初めて言われた。

「うん、すごい」

褒められて、ちょっと照れた。

4

「ほら、あそこだよ」

——比女彦通り。

かつて玉阪という街の目抜き通りだったこの場所は、今では落ち着いた雰囲気でスズ達を迎えてくれる。

かろうじて車が行き来出来る道の両脇には古い家屋が並び、その中の一つに入り口を開けっぱなしにした店があった。

のぞき込むと、狭い店の中、どうやって詰め込んだのか理解しがたいほどの骨董品がところ狭しと積まれている。

「あやぁ、いらっしゃい」

その奥から、しゃがれ声の腰が曲がった老婆が現れた。年は八十を越えているのだろう。顔には年輪のようにしわが刻まれ、目はまぶたで半分覆われている。

「ユニヴェール生かい？」

「はい、そうッス」

「二人揃って顔がいい。眼福《がんぷく》、眼福」

老婆が噛みしめるように頷く。

「すみません、ちょっと見てもらいたいものがあって」

スズが簪をとり出す。

「鑑定料っていくらですか？」

老婆がヒヒヒと笑った。

「ちゃんと金を払おうって姿勢がいいね。顔もいいしタダで見てあげるよ」

「えっ、タダ!?」

「ババアだって若い男を侍《はべ》らせたいのさ」

冗談とも本気ともわからないことを言って、老婆が枯れ枝のような手を伸ばしてくる。

スズは確認するように希佐を見てから、簪を差し出した。

「へぇ」

重たいまぶたで半分隠されていた老婆の目がビー玉のように丸くなる。

老婆は店の机の上に放り出されるように置かれていたルーペをとると、椅子にドサリと腰掛け、吟味するように簪を見る。

「どうスか？」

「……………」

老婆はルーペを置くと、にへらと笑った。

「残念。二束三文にもなりゃしないねぇ」

値打ちを聞きに来たわけではなかったのだが、鑑定にはそれがつきものかもしれない。

「あの」

他になにか情報がないか尋ねるよりも早く、老婆が簪を軽く上下に振りながら言った。

「せっかく来てくれたんだ。五千円で買いとってあげるよ。顔もいいしねぇ」

「えっ」

「これで美味《おい》しいもんでも食べな」

話が意図しない方向へと進んでいく。

スズは思わず隣に立つ希佐を見た。

（……んん？）

いつも穏やかな笑顔を浮かべている希佐が表情を固くしている。目は老婆の手にある簪から離れない。

「立花？」

「えっ、あ、ごめん……」

気がかりなことがあるなら聞きたかったのだが、希佐はためらうように口を閉ざした。

ここでは発言しづらいことでもあるのだろうか。

だからスズは決めた。

「おばーさん、なんかあやしいッス！」

希佐から感じとった違和感をそのまま言葉にする。

希佐が「スズくん!?」と止めるように声をあげた。失礼になると言いたいのだろう。

言われた老婆はといえば、目を丸くして「はははは」と笑った。

「大丈夫、冗談だよ、冗談」

老婆が簪を丁寧に持ち直し、スズ達に差し出す。スズが希佐に目配せすると、希佐が慌てて簪を受けとった。

「そいつは白金《はっきん》だ」

「はっきん？」

「横文字だとプラチナだね」

希佐が「えっ！」と声をあげた。

「それって、かなり高価なんじゃ……」

「そうなのか？　おばーさん、これ、ホントはいくらなんです？」

老婆が両手を大きく開いて指を動かす。

「十はするだろうね」

「十円？」

「十万だよ」

目が点になった。

「……えええええええええええええっ!?」

遅れて、骨董品が崩れ落ちそうなほど大きな声が出る。

「お、お宝じゃないスか！　……えっ、じゃあやっぱりオレらのこと、だまそうとしてたんじゃないスかッ！」

「だから冗談さぁ。ちゃんと教えるつもりだったよ。ヒヒッ」

老婆は悪びれる様子がない。こういうタイプはあれこれ言っても聞かないのだ、根地のように。スズは早々に諦めた。

「つーか、プラチナの簪なんてあるんスね。最近作られたもんなのかな」

プラチナという名称に近代的な響きを感じてしまう。老婆は「いいや」と首を横に振った。

「江戸の末期あたりにゃ入ってきてたよ。プラチナを使った装飾品も次第に作られていったはずさ」

「へ～」

「んで、どこで手に入れたんだい？」

老婆がニタニタ笑いながら聞いてくる。なんだか信用ならないが、うかがい見た希佐の表情はいつも通り。もう老婆のことを疑っていないようだ。

「大伊達山ッス。古い木の中」

だから素直に答えると、老婆の眉がピクリと上がった。

「大伊達山？　……もしかして比女彦神社の近くかい？」

「えっ、ああ、そうッス」

なぜわかったのだろう。

老婆の言う通り、一坂越えれば比女彦神社という場所で簪を見つけた。

老婆は合点がいった様子で頷く。

「だったら『涙かんざし』だね」

「『涙かんざし』？」

初めて聞く言葉だ。「なんですか、それ」と詳細を求める。

しかし老婆はここにきて、「そうだねぇ……」ともったいぶるような態度をとった。

「この情報はタダじゃ売れないわ。いくら顔が良くてもね」

「ええっ!?」

まさか簪をよこせと言うつもりだろうか。警戒したスズ達に、老婆は「ちょっと待ってな」と言い残すと、店の奥に消えていった。店と居住空間が繋がっているようだ。

「……どうする？」

残された二人は顔を見合わせた。


それから、二十分ほどたっただろうか。

骨董品を見ながら律儀に待っていた二人の元に、ようやく老婆が姿を現す。

手には、四角い風呂敷包みを持っていた。

「なんすか、それ」

「これを中小路《なかこうじ》の呉服屋に持って行っておくれ」

「えっ？」

スズは改めて風呂敷包みを見る。

「今日は雨が降るそうでね、店を出たくないんだ。それに、水がしたたるならいい男のほうがいいだろう？」

「え、ええ……？」

情報を渡す代わりにお使いをしろということか。

中小路の呉服屋には、何度か行ったことがある。店主も店員も上品で良い印象しかない。

この老婆はやることなすこと怪しいが、引き受けても問題ない仕事だろう。

「行こうか、スズくん」

「だな」

「ヒヒッ、ありがとね」

老婆が希佐に風呂敷包みを渡す。想像以上に重かったのか、希佐の手がずしりと沈んだ。希佐が慌てて抱え直す。

「立花、オレが持とうか？」

それぞれ得意分野がある。力仕事なら自分のほうがと伸ばした手を、老婆が「あんたはガサツそうだからダメだ」と払った。どうやら繊細にとり扱う必要があるものらしい。値打ちのある骨董品でも入っているのだろうか。

「比女彦通りのババアからって言えば通じるから。あと、呉服屋の店主に『涙かんざし』の話を聞かせてくれって言いな」

「えっ、おばーさんが教えてくれんじゃねぇんスか？」

「あいつのほうがアタシよりずっと詳しいから。それにババアは昼寝の時間だ」

老婆が口に手を当て、わざとらしくあくびをする。

「ほら、雨が降るよ。さっさと行っといで」

用は済んだとばかりにスズ達は店から追い出された。

外に出ると、空が厚い雲に覆われている。朝は遠く見えていた入道雲が、街にやってきたようだ。スズは左足のつま先を、ほぐすようにぐるりと回す。

「マジで雨降りそうだな。さっさと行くか」

中小路は、玉阪坂をはさんだ向こう。車も通れない入り組んだ細道だ。

「そういや立花。簪の値段言われた時、嘘だって気づいたのか？　顔つきが違ったぞ」

早足で進みながら簪が買いたたかれそうになった時のことを聞く。

「うーん……おばあさん、私達がユニヴェール生だってわかった上で、買いとろうとしてたから……」

希佐が眉尻を下げて苦笑する。

「ンン？　どういうことだ」

「ああいうところって、未成年から買いとりしちゃいけないんだよ。それに、値打ちがないものに、お金は出さない」

「でも、お小遣い、って」

「それにしては額が大きいと思ったんだ。五千円だよ」

言われてみると確かにそうだ。

「パッと渡せる金額じゃないし、『それなら』って手放しやすい金額だとも思う。だから、ちょっと変だなって」

そこまで言って、希佐が息をついた。

「でも、冗談だったんだね。疑うようなマネをして悪かったな」

希佐は反省しているようだ。

「んー、どうかな。気づかないなら気づかないで、簪持ってっちゃってたかもしんねーぞ。

ぬるっとさ」

あの老婆ならやりかねないと思う。

「……ん？」

そこで、ゴロゴロと空が鳴った。雨がすぐ側まで来ているようだ。

（オレは別にいいけど、立花が濡れちまうのはなんかヤだな）

「立花、急ごうぜ」

「うん」

風呂敷包みを胸に抱く希佐のペースに合わせて走りながらスズはぼんやりと思った。

（立花んちって、金で苦労したのかな）

その思考の掘り下げは、無粋《ぶすい》な気がしてならなかった。

5

「うおおお、ギリギリセーフッ!!」

ぱらつきだした雨の中、呉服屋に飛び込んだところで、目が眩《くら》む雷光、次いで雷鳴。覆い被せるように勢い良く雨が降り出した。

「おや、いらっしゃいませ。濡れませんでしたか？」

外の様子を見ていた店主に気遣われ、スズは肩に落ちたわずかな水滴を払ってから、

「大丈夫です」と答える。

「すみません、オレら比女彦通りのおばーさんに、これ、頼まれて」

スズの言葉に合わせて希佐が風呂敷包みを渡す。

「ああ、これはすみません。夜にでもとりに行くと伝えていたのですが、どうしてまた」

「『涙かんざし』の話を教えて欲しいって頼んだら、代わりにお使いしろって」

店主は「またすぐそんなことをして……」と困り顔だ。

更にその涙かんざしの話を店主に聞かせてもらえとも言われたのだが、それを切り出していいのかさすがのスズも迷った。

「それにしても『涙かんざし』ですか。どうしてご興味が?」

すると、店主のほうから話を振ってくれる。希佐がすかさず返した。

「大伊達山の比女彦神社近くで簪を見つけたんです。どうしてあんなところに簪があったのか調べるうちに『涙かんざし』という言葉に行きついて」

店主が「なるほど」と頷く。

「この雨です。比女彦通りまで戻るのは大変でしょうし、私がお話ししましょうか?」

「いいんスか!」

スズ達は表情をパッと明るくさせる。

「せっかくですし、こちらも一緒に」

店主が風呂敷包みを撫でた。

「一緒に？　それ、なにが入ってるんスか？」

「手作りのおはぎですよ。昔からこれが好きでしてね。さ、こちらへ」

呉服屋の奥には畳敷きの小さな客間があった。室内には圧倒されるほど豪奢な着物と、竹の花入に入った素朴な野花が飾られている。

「さぁ、どうぞ」

店主はお茶と合わせて老婆特製のおはぎを出してくれた。

おはぎは小ぶりで、スズはパクリと一口で食べてしまう。

「うわ、うめぇ！」

あんこは優しい甘さ、餅米はふっくら。老婆はこのおはぎを美味しいうちに渡したかったのかもしれない。

店主に「もう一つどうですか」と勧められ厚意に甘える。

希佐はといえば、楊枝《ようじ》で切り分けながら味わうように少しずつ食べていた。

「……それで、『涙かんざし』でしたね」

スズ達の前で正座する店主がゆるりと話し始める。

「これは、玉阪の古典舞台の一つなんです」

玉阪、それは「玉阪座」を意味する。

「えっ、そうだったんですか!?」

「でも、玉阪座の舞台と山で見つけた簪、なんの関係が……？」

「まずは『涙かんざし』の話をしましょうか。時は江戸、願い叶わず涙した少女の物語です」

雨音が響く中、店主は静かに語り始めた。

娘は、女児の誕生が続き男児が切望されていた武家の四女として生まれた。

その上、母はこの出産で命を落としてしまう。

父はひどく落胆し、娘を屋敷の中で一番狭く日当たりの悪い場所に閉じ込め、自分の目に入らないようにした。

屋敷の人間も娘を腫れ物扱い。

暗く狭い部屋で一言も発することなく一日が過ぎていく。

時折、障子の隙間から外を眺めては、美しい着物と簪を与えられ、はしゃぐ姉達の姿に涙した。

娘が十二の時、屋敷に新しい奉公人が入った。

娘よりも五つ年上の朗《ほが》らかな男だ。

男は、なにを思ったのか、娘の部屋を頻繁に尋ねて来るようになった。

ろくに会話をしてこなかったせいで言葉が拙《つたな》い娘の話を楽しげに聞き、たいした教育を受けてこなかった娘に読み書きを教え、暖かい日に娘をこっそり部屋から連れ出す。

最初はただただ戸惑っていたが、娘は次第に男を兄のように慕うようになった。

十五の時、男が簪をくれた。

どうして、と尋ねる娘に、彼は似合いそうだったからと、頬を赤らめた。

ドキリと高鳴った胸が恋を生んだ。

それが娘を美しくさせたのだろう。人の目につくほどに。

たまたま屋敷を訪れた父の知人が、浮かれて簪を身につけ外に出た娘を見かけ、妻に欲しいと言い出した。

父はこれ幸いにと縁談を進める。

そして奉公人が娘と親しくしていたことを今更ながらに知り激怒して、変な噂が立っては困ると男を追い出してしまった。

別れの挨拶も出来ぬまま。

翌日に婚儀を控えた夜。娘は簪を手に飛び出した。男に会いたかった。

昔聞いた住所を頼りに男の家に飛び込むと人の姿はない。だがそこで、誰に向けたかわからぬ書き残しを見つける。男の字だ。

——私は死にました。さようなら。

空には十六夜《いざよい》の月。気づけば森に入っていた。ぼんやりと明かりがついた神社を見つけ、娘はそこでお参りすると、簪をそっと預ける。

どうか来世は夫婦に。

娘は崖から身を投げた。

同時刻、屋敷の前に一人の男がいた。物音を立てぬよう中に忍び込み、娘の部屋の戸を開けたのは、娘が想いを通わせたその男。

男は全てを捨て、娘と駆け落ちしようと決めたのだ。

しかし部屋に娘の姿はない。

男は娘の名前を呼ぶ。

どこだ、私だ、一緒に逃げよう。

君さえいればなにもいらない、自分の命も惜しくない。

どこか遠くで共に生きよう、君の髪に簪をさして二人歩こう。

どこだ、どこにいる、私の可愛い――

そうして幕は下りてゆく。


「……それが『涙かんざし』です」

スズも、希佐も、黙り込む。

あまりにも哀しくて言葉が出なかった。

「涙なくして見られぬ舞台として有名だったそうです。特に、同じ年頃の少女達に響いた」

店主が冷えた湯呑みをそっと撫でる。

「それからです。少女と同じように、想い人と結ばれぬ少女達が、比女彦神社の側に、そっと簪を隠すようになったのは」

「えっ……」

「『来世はあの人と結ばれますように』と……」

「……！」

スズと希佐は息を飲む。

「だったらオレ達が見つけた簪って……」

「恐らく」

想い叶わぬ少女の願いだったのか。


「……」

「……」

先ほどまでの大雨が嘘のように空は晴れている。

中小路の細道から、ユニヴェールに向かって歩く道中、希佐がぽつりと呟いた。

「叶わなかった少女の願い、か」

希佐がじっと簪を見る。

「……スズくん、これ、元の場所に戻そうか」

「えっ」

それも悲しい気がした。

叶わぬ想いが、晴れることなく永遠に遺《のこ》り続けるような気がして。

「……そうだな」

だからといって、他になにが出来るだろう。

スズと希佐は登山道を上っていく。

土はぬかるみ、木は湿り、岩はすべった。空は晴れても雨の気配がまだ色濃く残っている。

苦労しながら上り続け、ようやく比女彦神社の近く、スズ達が簪を見つけた場所に辿りついた時。

「えっ!?」

信じられない光景を目の当たりにした。

この簪が隠されていた老木が、真っ二つに裂け、倒れている。

「なんで……」

駆け寄って、気づく。

木がわずかに焦げ臭い。

「立花、雷だ」

「えっ」

「さっきの雨で、雷が落ちたんだ」

親戚達とキャンプで山に行った時、雷が落ちた木を見たことがある。

その時は雷のすごさにはしゃいだが、今は知った人の死に直面したような衝撃があった。

見上げるほどに高かった木の洞も、スズ達の足元に転がっている。

「そんな……」

希佐が左手を伸ばして、そっと老木に触れる。

もう一方の手には簪と哀しみ。

（立花……？）

その哀しみの奥に、仄暗《ほのぐら》い感情が見えた気がした。

死を前に、なにかを恐れ、怯えるような――

「立花！」

スズが強く希佐を呼ぶ。

「……っ！　あ、う、うん？」

希佐が木からパッと手を離す。

「その簪、お前が預かっとけよ」

「えっ」

「なんかよくわかんねーけど、それがいいような気がする」

もし、今日この道を走らなかったら、反射する光に気づかなかったら、木を見上げなければ、洞を見つけなければ、この老木も、簪も、誰にも知られることなく幕を閉じていた。

でも、自分達が見つけた。知った。そして刻み込んだ。

だったら、と思うのだ。

「お前はそう思わねーか?」

希佐が簪を親指の腹でさすって、ぎゅっと握りしめる。

「……思う」

「だよな」

そして、スズは歩き出す。

「帰ろうぜ、ユニヴェールに」

ここに長居してはいけないような気がする。いや、希佐をこの死に近い場所に置いていてはいけないような気がする。

希佐が老木を振り返った。スズはそれを待たず、それどころか早足で進む。

だから希佐は振り切るように正面を向いて、スズの隣に並んだ。

そして、道に戻って、山を下っていく。下りれば下りるほど、空気が濃くなるような気がした。

「根地先輩に報告しないとなー」

わざと明るく話すと、希佐が「スズくん」と呼んでくる。

「ん?」

「ありがとう」

「え、なにがだよ」

「今日、ずっとつき合ってくれて」
スズはへらりと笑った。
「いや別に。簪のことなら、オレも気になっただけだし」
「でも、ありがとう」
希佐に深く感謝され、スズの心臓がなぜかドキリとなる。
たまらなく嬉しい。
むずがゆくて、思わず胸を掻いた。
(立花の力にちゃんとなれたからかな)
同時に、世長の姿がよぎった。
よかれと思ってやったことが世長を傷つけた。
スズに非があるのはわかるのに、どうすれば上手《うま》くいくのかわからない。
(でも……)
やっぱり、世長の力にもなりたいと思う。
彼もまた、スズにとって大事な友達なのだから。
スズは携帯を見る。
世長からの返事はない。

不抜之志

JACKJEANNE

世長《よなが》はスズのことをライバルだと思っている。

だけど彼はそう思っていない。

スズが悪いわけではなく、世長自身の至らなさだ。

1

陽光が透明な大窓から無遠慮に降りそそぐクォーツ寮ホール。

朝食をもたもたと食べ、気《け》だるげに自室へと戻る途中だった世長創司郎《そうしろう》は、光に引きずられるように外を見た。

そこにはユニヴェール校舎や大伊達山《おおだてやま》だけではなく、裾野に広がる玉阪市《たまさか》の街並みや、遠く玉阪座まで収められていた。美しい一枚の写真のようだ。

「……はぁ」

しかし世長は逃げるように俯《うつむ》いて、景色が見えない柱の陰に移動する。

夏公演に向けてクラスが走り出してからずっと悩んでいる。

新一年生中心で、同期達と相談しながら先輩達の力を借りながら舞台に立った新人公演とは一転、夏公演では一年生がクラスのペースについていく必要がある。世長は今回もジャンヌ。アルジャンヌであるフミのコンビ的立ち位置だ。役をもらった当初はしっかりとついていこうと思っていた。

稽古が始まって、それがどれだけ驕《おご》った考えだったか思い知った。

初めての稽古で、台本を持ち、フミの隣に立った瞬間、震えが走ったのだ。

新人公演で、厳しいながらも気さくにサポートしてくれていた時とは違う。同じ空間にいるだけで立ちくらみを起こしそうな圧倒的存在感。全ての所作に華があり、意味があり、そしてなによりも主役として誰よりも輝きクラスを導くという覚悟と気迫が濁流のように流れ込んでくる。

みんなフミを見ていた。

世長がセリフを言っている時でさえも。

それは、稽古が進むごとに強くなっていく。

最初から完成されているように見えたフミ演じるアンドウが、何度も何度も生まれ変わるように美しく成長していくのだ。

訂正する。

稽古が進めば進むほど、世長を見る人は増えた。

フミの隣にいることで世長の拙《つたな》さが目立ち、舞台の上の異物として視線が刺さることが増えた。

自分のシーンがくるのが、怖くなった。

しかし、どれだけ未熟でも稽古は進み、公演日は近づいてくる。

一方で、ジャックとしてカイの隣に立つスズは、輝きを増していた。

彼はルイスという役を通して自分の魅せ方を発見したようだ。やること全てが結果に繋がり、着実どころではなく猛スピードで前進している。

彼が進む道は、いつかの舞台の真ん中に繋がっているのだろう。

その時、彼の隣に並ぶのは——

「ぃよっなーがくーんッ！」

「うわあああっ!?」

立ち止まり、思考にのめり込んでいた眼前五センチ。

鼻の頭がぶつかりそうな距離に、クォーツの組長、根地黒門《ねじこくと》の顔があった。

驚いた世長は後ろに大きくのけぞり、尻餅をついてしまう。

「おおーっとぉ、大丈夫かい！　ダメよあなた、役者なんだから体は大事にしないと」

だったら驚かさないで欲しいのだが、言ったところで聞いてもらえないだろう。

夏公演に入り、転科騒動が巻き起こってから、希佐《きさ》をモノのように扱う根地の言動に納得がいかず、世長の中に壁が出来ていたのだが、根地はそんな壁、平気で乗り越えてくる。

世長は「気をつけます」とこちらに非のない謝罪をして、立ち上がった。

「ときに世長くん、今日はヒマかい？」

「えっ……」

予定というほどのものは特になく、ただ漠然と「稽古をしなければ」という気持ちでいたのだが、根地相手に安易に「ヒマです」と答えるのはなんだか怖い。

だが、誤魔化そうとしたところで見破られてしまうだろう。

「……はい。なにかご用でしょうか？」

ややこしいことになりませんようにと祈るような気持ちで尋ねる。

「君に玉阪一の着ぐるみダンスキングになってもらいたい！」

ややこしい気配が漂ってきた。

「き、着ぐるみダンスキング、ですか……？」

聞くのも怖いが聞いてみる。

「携帯に住所と連絡先送るから、詳しいことはここで聞いて。はい、ピューン」

しかし根地は答えてくれない。

携帯で確認した住所は、玉阪座駅のすぐ近く。

「急遽頼まれた仕事でね。申し訳ないが頼まれてくれたまえ」

「あのっ、僕一人で行くんでしょうか？　根地先輩は……」

根地が目を伏せアンニュイな表情を浮かべる。

「ごめん、僕……忙しくてさ」

「あ、こ、こちらこそ、すみません！　そうですよね……」

根地はクォーツの組長兼、脚本家兼、演出家だ。分刻みのスケジュールで駆け回っていることもある。夏公演が近づく今、ますます忙しいのだろう。

「これから比女彦《ひめひこ》神社にハイキング行くから……」

忙しくないかもしれない。

しかし根地はぽんと世長の肩を叩いて「じゃ、よっろしく～！」と陽気に言い放つ。

結局、全ては根地の手のひらの上。世長は叩かれた肩を落とした。

2

「これ……おもちゃ屋さん、だよね……？」

根地に渡された住所を頼りにやってきたのは、玉阪座駅のすぐ近く、年季の入ったおもちゃ屋さんだった。雑居ビルにはさまれた小さなお店で、とり扱っている品数が多いようにも見えない。せっかくおもちゃを買うのなら、ここではなく駅隣にある百貨店のおもちゃコーナーに行く人がほとんどだろう。

ただ、この店の素朴さは、嫌いじゃない。

「こんにちは……」

世長はそっと店内に入る。外観通りの古さだが、中は小綺麗にしてあり、商品も見やすいように陳列されていた。目立つのはウサギのぬいぐるみ。世長好みのものも置いてあり、思わず見てしまう。

「いらっしゃ～い！」

そこで店内に陽気な挨拶が響いた。ただ、声にはなぜかこもるような重みがある。そして、カランカランという不可思議な音も混じっていた。

「あっ、こんにちは。僕は根地先輩に言《こと》づかってユニヴェールから来た……」

言いながら、相手を見て固まった。

二足歩行の巨大なウサギがいる。

全身グレーで、二本の耳はピンと立ち、つぶらな瞳に下がり眉。

首には大きな蝶ネクタイをし、手にはなぜか赤ちゃん用の赤いガラガラ。

そのウサギが直立不動で世長を見ていた。

――怪奇！　おもちゃ屋に突如現れたガラガラ巨大ウサギ!!

そんな見出しが世長の頭によぎる。それだけ、ホラーやオカルトを感じずにはいられないシチュエーションだった。

ウサギの手が、持ち上がる。

ウサギのガラガラがやたらと大きく鳴った。

「待ってたよ～！」

ウサギがずぼっと頭を外す。

中から出てきたのは、筋肉質で髪をさっぱり刈り上げた、三十代前半の男の顔だった。

そう、これは着ぐるみ。

男は頭をすぐ側の棚に置いて、ウサギの体のまま握手してくる。ふわふわの手だ。

「今日は応援ありがとう！　僕はこの店の店主だ。若旦那と呼ばれているから、君もそう呼んでくれ！」

若旦那が握手した手を上下に大きく振る。腕が抜けそうなくらい力が強い。世長は状況が読めないながらも、「ぼ、僕は世長です、よろしくお願いします」と必死で返した。

「いや～、ホント助かるよ！　根地先生にも感謝しないと！」

「えっ、根地『先生』？」

急に気になるワードが出てくる。

「以前、ユニヴェール歌劇学校主催の歌劇ワークショップに参加したことがあってね！その時、根地先生が講義されていたんだ！」

「学生なのにですか!?」

「当時、一年生だったかな。いや～、クリエイティブな人だよね、彼は」

根地らしいと言えば根地らしいが、そのアクティブさに脱帽する。

「一方僕は、店の経営が上手《うま》くいかず頭を抱えていてね。気分転換でワークショップに参加してたんだけど、参加理由を聞かれて事情をそのまま話したら、根地先生に『もっと歌い踊るように生きたらいいさ。死ななきゃ生きられるんだから』と言われてね」

「根地先輩がそんなことを……」

「なんていうのかな、それが僕の胸に強く響いたんだよ」

若旦那がその時を思い出すように微笑む。

（……そうなんだよな、優しくしたいのに上手くいかず気を遣わせてばかりいる僕と違って、根地先輩は乱暴なところもあるけど、人を変える力を持っているんだよな……）

「……というわけで、僕は客を呼び込むため、着ぐるみを着て踊ることにしたんだ！」

「えっ」

完全に話を聞いていなかった。

「独自性を追求した結果さ！　わりと評判も良くてね！　なにより着ぐるみを着て踊ることが、ストレス発散になるというか……」

話が進んでいく。止められないし聞き返せない。

「今日も着ぐるみ出動するつもりだったんだけど……」

そこで若旦那が黙った。

「なにか問題が？」

「実は、臨月の嫁さんが予定よりも早く産気づいてね……」

「あっ、もしかして、今からご出産……？」

「いや、昨日生まれたんだ！　その、子どもが可愛くてさぁ～！　今日も会いに行きたいんだよ！」

若旦那がぐっと拳を握る。

「でも、それこそ、嫁さんや子どものためにも働かなきゃいけないだろっ？　そんな話を根地先生にしたら、応援を出すと言ってくれてね」

それで自分が指名されたのか。

「すまんね、兄ちゃん。うちの息子が」

店の奥から年配の男性、若旦那の父親が姿を見せ、渋い顔で詫びる。

「着ぐるみはいいから勝手に行けって言ったんだけどよ」

「でもこうやってユニヴェール生が来てくれたんだ！　ユニヴェール生の着ぐるみだよ！　絶対すごい！」

（ユニヴェール生でも、天と地ほどの差が……）

期待されると、怖い。

しかし、店の事情はわかった。

「わかりました。お受けします」

自分が力になれるならと世長はこの話を引き受ける。

若旦那が「ありがとう！」と破顔した。

それから、一日の流れと、根地が作成したという「お店来い来いダンス」を教えてもらった。シンプルだが可愛い振りつけだ。クォーツの振りつけを考えているフミと違ったユニークな味わいがある。

「えー、振りつけすぐ覚えちゃった！　すごいすごい！」

若旦那に感心されて「たいしたことじゃないです」と謙遜した。

「じゃあ、着ぐるみを着てみようか！」

「はい」

「メチャクチャ消臭剤かけたから安心して！」

「は、はい」

世長は若旦那に手伝ってもらいながら着ぐるみを装着する。

ウサギの頭は意外と重い。

（わー……、暗くて狭いな）

目の部分にはメッシュが貼られており、視界と光の確保は出来るが、限りがある。

（……でも、この窮屈な感じ、嫌いじゃないかも）

世長は着ぐるみ姿で軽くダンスを踊ってみる。

「ええ〜、すごい〜！　めちゃいい〜！　同じ振りつけなのに、全然違うダンスに見える〜！」

若旦那は目をキラキラさせている。なんだかくすぐったかった。

「それじゃあ、よろしくね！」

「はい」

さぁ、ここからが本番だ。

若旦那を見送った後、着ぐるみ世長は気合いを入れ、表通りに出る。

（うわ……）

休日ということもあり、通りは多くの人で賑わっていた。

そこに現れたウサギ。当然目を引く。

（みんな見てる……！）

舞台とは違う緊張感。

ただ、顔が出ていないぶん、気楽さもあった。

今の世長はユニヴェール生ではなく、突如街に現れた着ぐるみウサギなのだ。

（……よし、いくぞ！）

世長は店頭にセットされていたポータブルスピーカーを操作し、流れ出した音楽に合わせて踊り出す。

「……えっ、なにあれ」

「やだ、可愛い」

街ゆく人がざわつき足を止め、ウサギのダンスを見始める。

「ママ、ウサギ！」

遠巻きに眺める大人をかき分けて、小さな女の子が駆け寄ってきた。つられるように他の子ども達も駆けてくる。ウサギの周りにはあっという間に人だかりが出来た。

（うわ、すごいな……！）

このままでは通行の防げになりそうだ。

（いつもこうなのかな。こういう時の対処法については、話になかったけど）

世長は少し早めにダンスを切り上げて、ぺこりとお辞儀をする。

「ウサギさん、ウサギさん！」

子ども達がウサギを囲む。世長は店の宣伝をするように、クイクイとおもちゃ屋を指さした。

「あっ、ウサギのお人形さんある！」

子どもが声をあげ、中に入っていく。

（そういえば、ウサギのぬいぐるみ、たくさん置いてあったな）

この着ぐるみに似たぬいぐるみだ。

「キーホルダーだ！」

「メモ帳欲しい〜！」

「お母さん、あの缶バッジ買って！」

ぬいぐるみ以外もあるらしい。

どうやら若旦那は、自らウサギのキャラグッズを作って店に置いているらしい。

「これ、ください！」

真っ先に店に入った子どもが、親に頼んでぬいぐるみを買ってもらったようだ。子どもは嬉しそうに人形を抱いて、世長の元に戻ってくる。世長がポンポンと頭を撫でると、子どもはキラキラした目で世長を見た。眩しそうに。

それから、ウサギのダンスショーは続いた。

こんな都合良く物ごとが運んでいいのか不安になるほど、反応がいい。

大人から子どもまで足を止め、その中には、思いがけない人達もいた。

「え、やばー！　見てあれ！　ウサちゃ～ん！」

（……ん？　うわっ！）

大きく目立つ声に視線を向けると、一見、一般人離れした美少女三人組がいる。周りの男性達がザワついた。

しかし世長は知っている。

（ロードナイトの忍成《おしなり》さん達だ……！）

ロードナイト一年、大きく勝ち気な瞳が印象的なジャンヌ、忍成稀《まれ》。

可愛い女の子を体全て使って表現するジャンヌ、宇城由樹《うしろゆき》。

エキゾチックな風貌で大人っぽい女性を演出する鳥牧英太《とりまきえいた》。

それぞれ愛称は稀、ユキ、エーコ。

その三人が一瞬で世長を囲った。

「見てみてカワイイ～！　ねぇちょっと！　写真写真！」

リーダー格の稀が言うと、ユキが、

「すみませ～ん、誰か写真撮って～お願～い」

と、しなを作ってお願いする。

男達が「俺が」「僕が！」と群がってきた。

「ユキはぁ、写真めちゃうまテクニシャンがいい〜」

男達が我こそはと自分が携帯で撮った写真画像から一番出来がいいものを見せる。

「どーしよっかなぁ〜」

ユキがその写真をチェックしていく。稀も「見せて見せて」と前のめりだ。

「……ん」

写真家の選別は稀とユキに任せたのか、エーコが着ぐるみを吟味するように見てきた。

（うわうわうわ……）

着ぐるみの中身まで覗き込むような視線だ。

（いや別に、知ってる人にバレても……）

エーコがぐっと顔を近づけてくる。メッシュ越しに目が合いそうだ。

（ヤバイヤバイヤバイ……っ）

正体を知られたところで問題ないはずなのに、焦ってしまう。

今はウサギとして、しっかり役を全うしたいのかもしれない。

だったら——

世長は両手で目を押さえ、「いやいや」と首を横に振った。ここはあえてわざとらしく、あざとく、なによりも可愛らしく。そんなことしないで、とアピール。遠巻きから眺めていた人達が思わず笑う。

「エーコ！　ネットでポートレート写真バズらせてる人いた！」

ちょうどそこで、戦利品を掲げるような勢いで稀が言い、エーコの意識がそちらに向く。助かったようだ。

「はーい、じゃあ撮りますね〜」

稀とユキ、そしてエーコが、両脇から世長をはさむような形でポーズをとった。

なんとも言えない気持ちになりながら、世長もポーズを決める。ウサギのポーズが気に入らないから撮り直し、なんてことが起きないように。

「うわ、ユキ、エーコ、最高じゃない、これ〜!?」

写真をチェックして、稀達がはしゃいだ。お眼鏡《めがね》にかなったようだ。世長は写真家にも感謝する。

「てゆーか、このおもちゃ屋さんの宣伝やってんだ〜。あっ、ウサちゃんグッズある！」

「でもマレマレぇ、ユキ達新作コスメのチェックあるしぃ。ミノリン先輩が来る前に、お目当ての店に逃げ込んでおかないとぉ」

「だよねー」

ユキに制されて、稀は残念そうに肩を落とす。

「でもぉ」

ユキが口元に人差し指を当て、群がる男達をじっと見た。

maremare_oshioshi

Ichino_Front_1002　なかよし３人組が４人組にバージョンアップかい？ぼくも混ぜて欲しいな！ ♥

T…Road　うさちゃん(＊^^＊) ♥

RJMk_ito　どこ行ってたんだ？ ♥

「お兄さん達が童心に返るのはぁ、すっごくいいと思う～」

ハートマークが飛びそうな甘さに、男達が「ちょっと覗いてみようかな」と店の中に吸い込まれていった。

「ヤダー、ユキってば魔性ー！」

「ん」

「思ったこと言っただけだしぃ」

ありがたいが恐ろしい。恐ろしいがありがたい。

世長は感謝を伝えるように手を合わせた。稀達が「かわいい～！」とまたはしゃぐ。

「じゃあ、ウサちゃん、頑張ってね～！」

稀達を手を振って見送った後、世長は店を覗いた。

呼び込まれた男性客達が思いのほか熱心に商品を見ている。

それこそ、童心を思い出したのかもしれない。


「いつもとは比べものにならないくらい人が入ってるよ。さすがだな、ありがとう」

人が少し引いた合間、若旦那の父親が在庫を補充しながら言った。

誰かの役に立つ。それは、ここ最近忘れていた感覚だ。

（いつも、足を引っ張ってばかりだったから……）

褒められて、嬉しい。

店の前で踊ることにも慣れてきて、クオリティも上がってきた。

どこからどう見ても、人気者のウサギちゃん。

この力を舞台で発揮出来れば、なにか変わるんじゃないだろうか。そう思えるくらいに。

「……！」

そこで、再び思いがけない人物が目に飛び込んできた。

（加斎《かさい》くんだ！）

オニキス一年、加斎中《あたる》。学年次席の彼は、ジャックとしての才能が飛び抜けており、新人公演でもジャック生の中で唯一の個人賞保持者。

そんな彼と世長は同じ中学の同級生だった。

加斎はなにをしていても注目される人気者。

輪の中心で笑っている加斎を、世長は教室のすみから遠く眺めていた。

だから同じユニヴェール生になって驚いたのだが——加斎は世長の名前どころか顔さえ覚えていなかった。

加斎は物覚えが悪い人間ではない。彼の意識に入らないほど、世長の印象が薄かったということだ。

加斎は玉阪坂を下り、駅に向かっている。このまま行けば、世長の正面を通る。加斎の視界に、このウサギが入る。

世長の体に力がこもった。

必死で踊るウサギを見て、軽く笑うだけでもいい。彼の視界に入って、反応をもらえるだけで、自信が持てるような気がした。

それに、今なら。

世長はギアを入れるように、一気に踊り出した。

頭が吹っ飛ばないように、でも着ぐるみの限界まで、愛嬌のあるダンスを踊っていたウサギが、突然ダンスパフォーマー。

見ていた人達がギャップで笑う。面白がる。

しかし、徐々に静かになっていった。ウサギのダンスに見入っているのだ。

そんな人々の後ろに加斎がさしかかる。

踊りながら、世長の意識は加斎に向けられていた。

「……ん？」

（……！）

加斎がこちらを見る。

心臓の音がどくん、どくんと、スローモーションになった世界の時を刻んだ。加斎の視界に、ウサギがいる。

祈るような気持ちだった。

たぶん、時間にして三秒。

「……」

加斎が正面に向き直り、そして足早に去って行った。振り返ることもなかった。

「あ……」

世長の口から声が漏れる。ダンスが止まった。

加斎だって用事があってここを通ったのだ。呼び込みのウサギに割《さ》く時間はないし、興味を示さなくたって不思議はない。

むしろ興味を示さないほうが普通だろう。

上手くいけば儲けもの、上手くいかないのが当たり前。

その程度のことじゃないか。

「……ウサギさん?」

小さな子どもがウサギを見上げ、心配そうに呼んだ。

体が動かない。

止まった足から這い上がる虚しさが、体全てを飲み込んでいく。

そこで、突然、ごろごろと雷鳴が鳴り響いた。観衆がみんな揃って空を見上げる。空はいつの間にか、厚い雲に覆われていた。

ぽつり、ぽつり。

人々の頭に、額に、頰に、鼻先に。

滴《しずく》がポツポツ落ちてくる。

ぽつり、ぽつり、ぽつり。

人々が一斉に散っていく。

ごろごろと、ぽつりぽつり。

「兄ちゃん、中に入んな！」

店内から呼ばれて、ハッと我に帰った世長は店に入った。

「すみません、着ぐるみ、濡らしてしまったかも……」

「大丈夫。とりあえず、雨が止むまで休憩だ。奥の部屋でゆっくりしときな」

世長はレジ裏に入ると、置いてあった丸椅子に腰を下ろす。

ウサギの頭を外し、額にへばりついた前髪を掻き上げて、世長は久しぶりに着ぐるみ越しではない空気を吸った。あまり美味《おい》しくない。

どこかで雷が落ちる音がして、雨は激しくなっていった。

「……繊細すぎるでしょ」

自分を笑うように言った。笑えないが。

世長は逃避するように携帯をとる。

「えっ……」

スズから不在着信。その上、希佐《きさ》からはメッセージ。

なにかあったのだろうかと、ひとまず希佐からのメッセージを見る。

そこには、大伊達山でスズと一緒に不思議な簪《かんざし》を見つけたこと。

その正体を調べようとしていること。

世長の力も借りたいことが書かれていた。

しかし、内容以上に、世長の意識を奪ったことがある。

「希佐ちゃんとスズくん、どうして一緒にいるんだろう……」

メッセージだけではわからない。

パッと雷光に包まれたかと思うと、間を開けて、ドーンと、殴りつけるような音が響く。

世長は微動だにしない。ただ、携帯を見つめ続ける。

思い浮かぶ光景があった。

新人公演の『不眠王《ねむらずおう》』。

舞台の真ん中に立つ希佐とスズの姿。

カーテンコールで、みんな二人を見ていた。

主役の二人を見ていた。

世長は脇役。

それは舞台の上に限ったことなのだろうか?

もしかしたら。

自分はこれから一生、誰かの人生の脇役にしかなれないのではないだろうか。

(もし、スズくんが……)

世長と同じようにこの着ぐるみを着て踊っていたら、加斎も足を止め、見入っていたかもしれない。

（ずるいよ）

思考が世長を飲み込んでいく。

気にしすぎだ、考えすぎだと、人は笑うかもしれない。いっそ笑って欲しい。笑い飛ばして欲しい。大丈夫だ、心配するなと言って欲しい、慰めて欲しい。

でもきっと、世長はその言葉を信じられない。

カイとのジャック稽古、丁寧に時間をかけて積み重ね物語を作っていった。

カイが褒めてくれて嬉しかった。

でも、スズの一礼が世長の努力を吹き飛ばす。

たった一瞬で目を引き、心を奪う華。もはや、暴力だ。

でも、そういう人間が舞台の真ん中にふさわしい。

この世には選ばれた人間と、選ばれなかった人間がいて、自分はきっと後者。置いていかれる。

このままでは、いつか。きっと、必ず。違いはその日が早いか、遅いかだけ。

膝に顔を埋《うず》める。着ぐるみの体はやたらと柔らかくて、それには笑えた。

少し気が晴れて、同じくらい悲しくなった。

（一人でなにやってるんだろう）

雨が降っている。なにもかも飲み込む勢いで。

このまま自分も押し流されて、跡形もなく消えてしまえばいいのに。

消えていなくなってしまえば――
(……だめだ!)
しかし、その考えは、世長の思考とは別の場所にある感情が叩き割った。
(しっかりしろ!)
世長はバンバンと頬を叩く。柔らかい手でも、痛いほどに。
――希佐ちゃん、あの、継希《つき》くんって……。
希佐とユニヴェールで再会した時、思わず聞いた継希の消息。
――連絡はとれないけど継希にぃのことだからどこかで元気にやってると思うよ。
希佐の返答は明るく気丈だった。しかし世長は血の気が引いた。
希佐の決して癒えることのない深い傷が見えたような気がしたから。
それから、嘘も。
たぶん、継希は――
(僕は消えたりなんかしない)
世長はぐっと手を握る。着ぐるみの手じゃ、握りにくかったけれど。
「兄ちゃん、晴れてきたよ」
言われて窓から外を覗くと、先ほどまでの大雨が嘘のように晴れている。
「時間も時間だし、次でラストにしておくれ」
世長は「はい」と返事をして、ウサギの頭を装着した。

通りの人はまばらだが世長は明るく陽気に踊り始める。

「あっ、ウサギさん！」

目ざとく見つけた子ども達が駆け寄ってくる。キラキラと目を輝かせながら世長を見ている。

視線は、次第に増えてきた。道行く誰もが足を止め、ウサギのダンスを見る。

世長は無心で踊った。

そして、音楽が止まり、これでダンスは終了。

ぺこりとお辞儀をすると、まるで大成功の舞台のように割れんばかりの拍手が響いた。

驚いて集まった人達を見る。

みんな、楽しそうだった。


「アタル、いないじゃないですか〜？」

「本当にここか？」

おもちゃ屋の前、長身の男が二人。

一人は端正に彫られた彫刻のような美しさで、色気立つオニキス一年、ダンテ軍平《ぐんぺい》。

もう一人は、筋骨隆々の体を持ち、一見怖そうに見えるが誰に対しても実直な、オニキス一年、長山《ながやま》登一《といち》。

そんな二人の正面に、左右をキョロキョロと見渡す加斎がいる。

「このおもちゃ屋の前だったから間違いないよ」

「でも、ウサギなんていませんヨ？」

「もう終わったんじゃないのか。雨もすごかったしな」

加斎が「そうか〜」と空を見上げる。

「面白かったから、二人にも見せたかったのにな」

3

「今日はありがとう、世長くん！」

病院から戻ってきた若旦那が両手をパンと合わせて頭を下げる。

「いつもの倍以上儲けさせてもらったよ！」

ラストダンスが終わった後、客の対応に追われる店を手伝って、ようやく落ち着いたのが十八時。ちょうどそこに若旦那が戻ってきた。

「ホントにすごいな〜！　ねぇ、良かったら定期的にバイトしない？」

思わぬ提案に一瞬迷うが、奥から「バカ言うな」と怒声が飛んでくる。若旦那の父親だ。

「安請け合いさせるもんじゃねぇ。兄ちゃんは立派な舞台人なんだから」

「舞台人……」

「そうだろう？　兄ちゃんが踊ったら、店の前の道が劇場のステージみたいになってたんだから」

その言葉が、世長の心に強く響く。

「親父があそこまで言うなんてよっぽどだな！　それにしても、世長くん、着ぐるみを着るのも、着ぐるみで踊るのも、今回初めてだったんだね」

若旦那は経験者が送られてきたと思っていたそうだ。

「なのに、堂々とこなしてすごいな～。やっぱ舞台に立つと、心臓が強くなるのかい？」

「あ、いえ、僕は舞台経験が少なくて……。ここのところずっと、先輩の前で即興劇をしていたから、そのおかげかも――」

言ってから、ハッとした。

着ぐるみで自分を隠せたのも良かったが、人前であれだけ堂々とやれたのは、「ワン・ライフ・ジャック」でカイに繰り返し芝居を披露していたのが大きかったのだ。

スズとのジャック稽古が、世長を助けてくれたのだ。

（スズくん……）

眩しくて、遠い、同期。

スズが歩み寄ってくれるたびに、眩しくて身を引いてしまうけど。

望む形で視界に入れなくて、悔しくなってしまうけど。

けれど――

黄昏時《たそがれどき》の玉阪坂をユニヴェールに向かって上りながら、世長は携帯を手にとる。

じっと見つめ、指先でタップし、耳に当てた。

「……もしもし？　ああ、スズくん？」

電話の向こうから、スズの明るい声が響く。

「ごめんね、根地先輩の頼まれごとで玉阪座駅のほうに行ってて……簪どうなった？　えっ、そんなことが!?」

坂を上る足どりが、軽くなっていく。

「僕？　それがウサギの着ぐるみで踊ることになって……うん、着ぐるみ。あはは、そうなんだよ、ビックリだよね。……うん、うん」

世長の声が、明るくなっていく。

「わかった。じゃあ、三人で一緒に夕飯食べよう。あ、スズくん、あのさ」

世長は足を止めて、一つ息を吸った。

「ありがとう」

JACKJEANNE

巣立ち

JACKJEANNE

1

静寂を破るように携帯が震えたのは、既にベッドに横たわり眠りを味わっていた深夜のことだった。無視するように寝返りを打っても、携帯の振動は止まらない。

白田《しろた》は相手を確認することなく、携帯の電源を切って放り投げた。

2

わずかに開けた窓の隙間から、息が詰まるほどの熱気を含んだ空気と、耳を刺すけたたましい蝉の声が入り込んでくる。

午前授業が終わり、午後へと繋がる昼休憩の最中。

「……だる」

血管が透き通って見えるほど白い肌に、華奢な体を持つクォーツ77期生、二年の白田美《み》ツ騎《き》は、羽織っていた薄手のブランケットをたたむと、ペットボトルの水を飲んだ。

白田は男が男女両役を兼ねるユニヴェールにおいて重宝されるジャンヌ生。

その上、歌唱に秀でた歌姫、トレゾールだ。

歌でクラスを支えるのが白田の役目。一年の時からずっと、歌に専念してきた。それで良かった。

「……」

冷房で冷え切った教室に窓の隙間から流れ込む熱は、快と不快を波のように繰り返す。

白田は窓を閉め立ち上がった。

――ここ最近、風向きが変わってきている。


「……失礼します」

教室を後に、やってきたのは音楽室。

夏公演では英詞の歌があるため、歌唱教師である丹頂《たんちょう》ミドリから歌い方について細かく指導を受けているのだ。

「……ん？」

中に入ると、煌《きら》びやかな羽を背負った衣装の、生命力に満ちあふれた丹頂ミドリの姿がまず目に飛び込み、その後、すぐ側にいる人物に気がつく。

「合唱のほうですけど、一年達がどうにも遅れていて……」

稽古の進捗を報告しているのは、ジャンヌ中心クラスであるロードナイトで、幅広い側面からクラスをフォローするジャックエース、御法川《みのりかわ》基紘《きいと》。白田と同期の77期生だ。

優秀な生徒ではあるのだが、真面目で責任感が強い性格が仇《あだ》となり、一年の時から奔放なジャンヌ勢に面倒ごとを押しつけられることが多かった。

頭を抱え駆けずり回る姿を見て、よくやるものだと思っていたのだが。

——思っていたのだが。

「あら、美ツ騎じゃない」

音楽室のドアが開いて、今度はロードナイトの組長兼、アルジャンヌ兼、トレゾールの忍成司《おしなりつかさ》が現れる。柔らかく品のある物腰だが、こう見えても強《したた》かで、歌唱を得意とするロードナイトの全てを一人で表現するボス。

「ミドリ先生と基絃に熱い視線を向けてどうしたの？　もしかして……ロードナイトに転科する決心がついた？」

白田は「はぁ」と露骨に息を吐く
「そうやって、自分の利益のために人を都合良く動かそうとするの、やめたらどうですか」

トゲのある言葉に司は動じることなく「なんのことかしら」としらばくれる。

希佐《きさ》がジャックに選出されたことに対して、才能を潰す行為だと激昂した海堂《かいどう》という炎に油を投入したのは司だ。

結果、この夏公演は、立花希佐《たちばなきさ》の争奪戦に発展してしまった。迷惑なことである。

ただ、白田は確信していた。

「……夏公演が終われば全て終わる話ですよ」

立花希佐は個人賞をとる。

ついでに言うと、あの騒々しい織巻寿々《おりまきすず》も。

司が「ふぅん」と鼻を鳴らす。

「じゃあ、稽古するので」

白田は話を切り上げるように楽譜を譜面台の上に置いた。

「私が見てあげましょうか?」

司がにっこり笑って聞いてくる。

トレゾールとして経験豊富な司の指導は正直魅力的だ。

だが、借りを作るのは面倒くさかった。白田は自分でやりますと断る。

「……失礼します」

そこにまた新しく生徒が現れた。

敬語だろうが混じる関西訛《なま》り。顔を見ずとも相手はわかる。

オニキス二年、アルジャンヌの菅知《すがち》聖治《きよはる》だ。

淡白な顔つきでひっそりと影に佇《たたず》んでいそうな男だが、舞台に立てば一気に華やぐオニキスの舞姫。時間さえあれば踊っているような男なのだが、音楽室で見かけることが増えていた。

「お待たせしてすみません、忍成先輩」

「美ツ騎とおしゃべりしてたから大丈夫。忙しいんでしょう？　早速始めちゃいましょうか」

菅知が司から歌唱の指導を受け始める。響く歌声は白田の耳にも入り込む。

（こいつ……）

菅知が歌い終わると、司が「いいじゃない」と拍手した。

「聖治ってばどんどん上手《うま》くなっているわ」

これに関しては、司と同意見だ。トレゾールに比べれば劣るが、アルジャンヌとしてかなり歌えるようになってきている。

「忍成先輩の指導のおかげです」

「も〜、嬉しいこと言ってくれるじゃな〜い。でも、聖治が忙しい合間をぬって、歌の稽古を続けてきた結果よ。オニキスの子達って歌をおろそかにしがちなのに偉いわねぇ」

オニキスはダンス中心のクラス。舞台構成もダンスがメインに据えられているため、偏《かたよ》りが生まれるのは仕方がない面があった。

だが、菅知はそれを言い訳にしたくないようだ。

「海堂さんの隣に立つ以上、全て納得いく形に持っていきたいんで」

菅知はパートナーである海堂岳信《だけしん》のことを敬愛している。その強い信頼関係は現ユニヴェールのトップパートナーと称されるほどだ。

「それに……」

菅知が言葉をつけ加える。

「同期に白田がおると、色々比べられますから」

急に名前を出されてドキッとした。

「トレゾールと歌張り合うつもりはありませんけど、だからといって劣っているだなんて思われるわけにはいかんのです。俺はオニキスのアルジャンヌですから」

いつも感情を波立たせることなく自分の役目を遂行しているように見える菅知だが、その心は燃えるように熱い。

今までは、熱をあびたところで受け流していた。

だが、ここ最近、妙にヒリつく。

「白田ー、話終わったぞ」

そこに丹頂との打ち合わせを終えた御法川が声をかけてきた。少しホッとしたのはなぜだろう。

「ミドリ先生、奥でハチミツ舐めてから戻ってくるって。それにしても昼休みまで歌唱の稽古か。どんな歌?」

御法川が楽譜を覗き込み、曲の難易度に引きつる。

「うちの一年にやらせたら絶対ボロボロになる」

「お前は出来るだろ」

「俺が出来ても周りが出来なきゃ意味ねーだろ!」

当たり前のように返された言葉。常に後輩を指導している人間の言葉。それを自分の役目として、真正面から受け入れている人間の強さ。

「……忍成先輩、ありがとうございました」

「はぁい、お疲れ様」

御法川と話しているうちに、菅知の稽古が終わったようだ。

司に「今から海堂と稽古？」と聞かれた菅知が「はい」と頷く。

「あっ、菅知戻んの？　途中まで一緒にいいか。ダンスで聞きたいことあってさ」

御法川が右手を大きく挙げて白田越しに呼びかけた。

「ああ、俺も聞きたいことあったからちょうどええわ。後輩の話なんやけど……」

二人は合流するように並んで、意見を交わしながら足早に去っていく。

その背中が、やたらと印象に残った。

3

「じゃあ夏公演のダンス、『我らグレートガリオン』いくぞ！」

フミのかけ声を合図に、クォーツの稽古場に軽快な音楽が流れた。スタンバイしていた生徒達が曲に合わせて次々登場する。白田もその一人だ。

「ミツ、笑顔！」

今回、白田が演じるのは、主役のハセクラや、エリート社員ルイスに好意を寄せられる社内のマドンナ、城間《しろま》。可愛い笑顔が特徴だ。

白田には似合わない役を与えた根地《ねじ》を恨みたくなる。

「ここでスー、前に！」

フミの指示とほぼ同じタイミングでスズが歌声と共に躍り出た。

陽気に盛り上がるこのダンスは、スズにピッタリ似合っている。彼の良さが全て出るように作られたのではないかと思うほどに。根地がフミにそう発注したのかもしれない。

だが、白田はダンス以上にスズの歌に意識が向いていた。

スズの勢いのある伸びやかな声が、この曲の柱となり強く響いている。時々、音を外しているが、公演に向けて日々しっかりと成長している。

（こいつ、本番になると更にすごいんだよな）

新人公演の『不眠王《ねむらずおう》』でジャックエースとして歌った彼は、稽古の時とは比べものにならない歌唱力で、劇場を飲み込んでいた。

本番にこそ力を発揮するタイプなのだろう。

本番に向け、緻密に計算しながらクオリティを上げていく白田とは全く違うタイプの人間である。そこに、スズのスター性があるのかもしれない。

「……おし、いいぞ、希佐！　その調子だ！」

フミが再び声をあげる。

このダンス曲で、スズに次ぐ重要なポジションを任された希佐。フミの言葉を聞いて、自信を深め、動きがよりパワフルになる。ジャックとしての存在感が増している。

(新人公演でアルジャンヌをやったのが嘘みたいだな……ん?)

スズが希佐に視線を送る。応えるように希佐の口角が上がったような気がした。

(……!)

体格差のある二人が動きをピッタリ合わせて弾むように踊り出す。

「白田くん、あの二人に我々が合わせていきましょ」

同じくこのダンスを後列で踊る根地が白田に素早く指示を出し、スズと希佐の動きを追った。

(僕は根地さんみたいに器用じゃありませんよ!)

特にダンスは不得手だ。知っていながらあえて言う根地に腹を立てながらも前列で踊る後輩二人の背中を見て、動きを重ねにいく。しかし、難しい。

(こいつら……)

どんどん上手くなっている。


「はー……」

ダンスが終わり、白田は稽古場の壁によりかかるようにして座り込んだ。

「あっ、白田先輩! 歌のことで聞きたいことがあるんスけど!」

「スズくん、少し休憩してからにしよう！」

この世の全ての人間が自分と同じ体力を持っているとでも思っているのか、無遠慮に質問しようとしたスズを、白田が睨みつけると同時に希佐が制した。スズがそれもそうかと、白田の側に座る。

「……お前がいると休めないからあっちに行け」

「ええっ、なんで！」

「お前はうるさい」

「黙ってますよ！」

「存在がうるさい」

「ひでぇ！」

スズが仕方がないとばかりにいくらか下がる。

スズにとってはかなり距離を開けたつもりなのだろうが、白田にとっては近い。

しかしこれ以上言うのも億劫《おっくう》で黙った。

そんなスズの隣に希佐が座って、感覚を忘れないうちに歌の確認がしたくてしょうがないのだろうスズの相手をしている。

（……この二人がクォーツを背負っていくことになるんだろうな）

唐突にそう思った。

舞台への想いが強く真っ直ぐな二人。

それぞれ固有の華を持ち、舞台を良くするためならどんな努力も惜しまない。そして、ユニヴェールの歌劇を誰よりも楽しんでいる。

いつか舞台の真ん中を託された時も、彼らなら喜びとして受け入れ、クラスの先頭を走っていくのだろう。

(先頭、か……)

今のクォーツで言うと、フミがそれだ。白田は入学してからずっと、フミの背中を見てきた。

(でも、後輩が先頭に立つってことは……)

追い抜かれる、ということでもあるのかもしれない。

白田はいや、と首を横に振った。

白田の武器は歌だ。歌なら誰にも負けないし、歌でクラスを支えるのがトレゾールの役目。だったらそれを全うすればいいだけだろう。

自分の立ち位置で、自分が自分でいられる距離感で。

なのに、ザワつく胸はなにを意味するのだろう。


「……うわ」

稽古が終わり、着替えをすませて携帯を確認した白田の口から嫌悪の声が漏れた。

着信履歴にずらりと並ぶ同じ名前。胃をかき混ぜられるような不快感がこみ上げる。

「どうした、ミツ」

フミに聞かれて、声に出してしまったことを反省した。一瞬迷ったが、隠したところでお見通しだろう。

「母親ですよ」

そう、こちらへの配慮がない深夜の電話も、今並ぶ着信履歴も全て母親のもの。

「くだらないことに決まってます」

白田は軽く受け流すように言う。心情は真逆であってもだ。

「……なんかありゃ言えよ」

同じように、ひょうひょうと流してくれて良かったのに、フミがいつになく真面目な顔で言う。心配してくれている。それを「嬉しい」と感じた。

（そうだ、ここはユニヴェールだ。あいつはいない）

飲まれそうになっていた気持ちが、フミの言葉で掬い上げられる。

「……ありがとうございます」

「ん。いざとなりゃ、ユニヴェールに相談してもいいいんじゃねーか」

それには曖昧に「そうですね」と答えることしか出来なかった。

その夜、携帯が鳴り始める。母親だろう。白田はさっさと電源を落とした。

「……」

椅子に深く腰掛け、天井を見上げる。

否応《いやおう》なく蘇る家族との思い出は全てくだらない。

小さい頃はそれなりに裕福だった。

習いごともしていて、歌はその一つであり、白田を占める一番だった。

毎週、歌の稽古があるのが楽しみで、習った歌を親に披露していた。

そんな白田に父は優しくて、母のことは覚えていない。

両親の離婚は、ある日突然やってきた。

白田に選択の自由はなく、母親に引きとられ、生活が一変する。

家に金銭的な余裕がなくなり、当然習いごとなんか出来るはずがなく、それなのに母の服だけはいつも煌びやかだった。

家で一人過ごすことが増えた。でも、母親が帰ってくるのは嫌だった。母は常に苛立ち、気にくわないことがあるとすぐに声を荒らげるから。

話していても、黙っていても、立っていても、座っていても、なんの前触れもなく生意気だと叱責される。

白田が人に褒められても憤慨していた。「私のほうが頑張っているのに」と。

白田の容姿が褒められる時には「媚びを売るのが上手いのね」と心ない言葉を言い放った。人の視線に敏感になり、その中にある好奇な眼差しも知るようになった。

そして、白田の成長と共に家にいないことが増え、白田に無関心になっていく。

母がいないことへの安堵はあるが、生活は厳しい。

誰も助けてくれない世界に絶望ばかりが増えていく
——自分の身は自分で守るしかない。

幼い子どもが出した結論はそれだ。

この環境から逃げ出す方法を考えた。安全な場所を探した。その先にあったのが、入学すれば学費は免除、衣食住が保証され、そして、歌が歌えるユニヴェール歌劇学校だった。

理由は他にもある。

ユニヴェールは、身寄りのない子どもや、家庭に不和がある子どもを預かって育ててきた玉阪座《たまさか》の流れを汲んでいるため、『それに伴う面倒ごと』に理解があり『慣れて』いた。

表向きは社会貢献の意味合いが強いのだろうが、そういう逃げ場のない人間こそ、躍起になって結果を出そうとするからかもしれない。

そうは言っても、今ではユニヴェール歌劇学校の舞台に憧れて入学してくる生徒が主だが。

「……」

白田は電源を切った携帯を見る。今もあの中に、望まぬ母の情報が増えているのだろうか。情報を遮断するように白田は膝を抱え、頬を押しつける。

距離をとることが、自身を守る術《すべ》。

それは白田の体にあまりにも強く染みついていた。

4

「おーい、白田ぁ」

休日、朝食をすませたところで、同期に呼び止められた。

さほど交流がない相手で、まずそこに違和感を覚えた。

「なに？」

白田が先を促すと、同期はなんてことのないように言う。

「お前んところの母親来てるぞ」

「……は？」

――なんて言った？

声がうわずった。

「母親。寮の外にいる」

そんなはずない。そう言いたかった。

しかし、ここ最近頻繁にかかってきた電話を思い出す。

電源を切って逃げてきたコール音が形を変え、現れる。

なにかよっぽど重要な用事だったのだろうか。いや、そもそも母親がいるだなんてなにかの間違いではないのだろうか。

「待ってるぞ、行ってこいよ」

――うるさい、黙れよ。

叫びそうになるのを堪えた。

白田は寮の外に向かう。ドクドクと、心臓が嫌な音を響かせていた。

外に出ると、腹立たしいほどの晴天で、眩しさに目を細める。

「あっ、美ツ騎～」

名前を呼ばれた。

母親だった。

その姿は自分の記憶よりもずっと明るく美しい。

これが母の外の顔なのだと思い至った途端、おぞましく感じた。

(しっかりしろ)

白田は自分に言い聞かせた。

ユニヴェールに入ってもう一年がたっている。白田が親から自立した年数だ。親の顔色をうかがっていた子どもではない。

それに、白田にも関わる緊急の用事で来ているようには見えなかった。

ひどく私的なくだらない理由でやってきたのだろう。

「……わざわざこんなところまで来ないでよ」

「美ツ騎があたしの電話に出ないからでしょう」

あんたのせいでしょ、とでも言いたげな態度だ。

そして母親は、聞いてもいないのにべらべらと話し始めた。

「あたしの友達がね、あなたの歌、とっても好きなんだって」

だから、その友人の誕生日パーティーで一曲歌って欲しいというのだ。

母親が懇意にしている相手なのだろう。調子のいいことを言って断れなくなったに違いない。

「いやだよ」

「一曲、一曲だけよ。すぐ終わるから」

ご機嫌をとるような甘い声が気持ち悪い。

白田は決して頷かなかった。

「……わざわざこんな山奥まで来てるのに、どうして母親の頼みがきけないの？」

母の声に怒りがこもった。

美しく飾っていた表情が、ぽろぽろと崩れ落ちていく。

仮面の下、家でよく見た顔があった。

「トレゾールだかなんだか知らないけど、お高くとまらないでよ」

「……!!」

「あたしは母親なんだから、頼みくらいききなさいよ。たかが歌じゃない！」

昔からそうだ。

白田の態度が気に入らないと、報復とばかりに、白田が大事にしているものを貶《けな》してくる。尊厳を粉々に踏み潰そうとする。

「僕はユニヴェール歌劇学校の生徒だ。ユニヴェールの名前をけがすような場所では歌えない！」

気づけば声を荒らげていた。

それをすれば、どうなるか、わかっているのに。

母の目が、ギラリと凶暴な光を宿す。

「子どものくせになんで親の言うこときけないのよッ!!」

母が右手を振り上げた。

その瞬間、この身に染みついた記憶が蘇る。

自分の身は、自分で守るしかなかった。

でも、守れたことなんて一度たりともなかった。

自分と母親だけしかいない、囲われた真っ白な世界。

それ以外の全てが遠くなっていく――

（……え）

ふわりと風が吹いたような気がした。

視界に広がった花咲く薄紅。

「立花……！」

それが希佐の髪であると気づくと同時にぱぁん、と鋭い音が響いた。

痛みは白田にない。

「立花!!」

希佐の頬が打たれた。

「い……った……」

「おい、大丈夫か！」

希佐が頬を押さえ呻いている。

「うちの後輩になにすんだよッ!!」

——謝れよ。立花に謝れよ。謝ってくれよッ!!

心の叫びは届かない。

「そ、その子が、勝手に出てきただけじゃない！」

——ああ。

ゆっくりと力が抜けた。

——ああ、ああ、そうか。そうだったんだ。

白田の中で、幕が閉じていく。

——こいつは最低な人間だ。

「……もういい。二度とユニヴェールに立ち入るな。学校側に対処してもらうから」

母と子の物語は、もうおしまい。

「さようなら」

希佐を連れ、寮へと駆ける。

「待って、美ツ騎、歌は……!?」

――こんな時でも、僕《子ども》より歌《自分》か。


希佐を自室に連れてきた白田は、傷の確認をする。希佐は口の中を切り、頬を赤くしていた。

巻き込んでしまった罪悪感を覚えずにはいられない。

「あいつの言うこと、素直に聞いて歌いにいけば良かったな」

しかし、希佐は瞳に強い光を宿して言った。

「行く必要はないです」

「え……」

「白田先輩はユニヴェール歌劇学校のトレゾールなんですから」

――なんだよ。

「納得出来ない場所で歌っちゃいけません」

母親にぶたれそうになった時、なんの迷いもなく飛び込んできた希佐の姿が蘇る。

白田とたいして変わらない小さな背中が、目一杯大きく白田を庇《かば》っていて――

――なんだよ。

カッコ良すぎるだろ。


「ミツ！」

希佐の手当てを終え、ユニヴェール校舎に向かう途中、フミが駆け寄ってきた。

「大丈夫か、母親が来たって」

どこからか話を聞きつけたらしい。きっと心配してくれたのだろう。

しかし、白田の心はもう定まっていた。

「フミさん、僕、母親と縁を切ります。学校側に対処してもらいます」

口元に、笑みが浮かぶ。なんの感情がそうさせているのか、白田にもわからない。

「結局……親のことを捨て切れずにいたんです。理由は『親だから』、それだけ。でも、それがどんなものより大きな鎖だった」

生まれてからずっと、心と体を縛りつけていた。

それは、家を出て、ユニヴェールに来てからも変わらなかった。

結局、精神は親の支配下にいたのだ。

「でも、今日わかったんです」

希佐に手を上げ、謝ることなく言い訳していた母の姿が蘇る。

「あいつは……人として最低だ」

笑みが消える。

「僕、どこかで、自分のせいだと思っていたみたいなんです。親が怒るのは、僕のせいだって。僕が悪いからいけないんだって。……でも、違う」

ずっとため込んできたものを、吐き出すように、言う。

「僕が悪いんじゃない、あいつが悪い。あいつが全部悪い……！」

希佐という第三者が入ることで、親子というフィルターが外れ、ありのまま、姿が見えた。心底そう思えた。

人の悪をどうして自分が背負わなければいけないのだ。

『親』という理由だけで受け入れる必要はない。許す必要もない。

希佐を巻き込んでしまった罪悪感はある。

でも、希佐は言ってくれた。

親に従う必要はないと。

白田は悪くないと希佐は言ってくれたのだ。

白田美ツ騎という人間を守り、尊重してくれたのだ。

「……ああ、そうだ」

丸まった白田の背中にフミが手を置く。

「ミツは悪くねーよ」

無性に泣けた。

ここには白田を大事にしてくれる人がいる。

だったら自分はどうあるべきだろう。

5

「もう大丈夫だ」

話を聞き終えたクォーツの担任である江西録朗《えにしろくろう》が真っ先に言ってくれた言葉が、これだった。

「いくらでもやりようはある。それに……」

「それに？」

「今回、うちの生徒に手を上げ、しかも怪我を負わせたんだ。学校としても、正式に対応を練る必要がある」

親子関係に介入するのは難しいが、希佐は違う。そのおかげで、物ごとを優位に運ぶことが出来るのだろう。

言い方は悪いが、ユニヴェール歌劇学校において、ユニヴェール生達は『商品』でもあるのだから。

「まぁ、どういう状況であれ対応するがな。話してくれて良かった。あとは大人に任せておきな」

江西がふっと笑った。

放任主義でいつもどこにいるのかわからないくせに、こんな時は頼りになるなんて、ずるい。

大人の心強さを初めて知った。

それから、白田は携帯の番号を変えた。

ユニヴェールに入る以前の知り合いの連絡先も全て消した。

母がまた乗り込んでくるのではないかという不安はあったが、その影も形もない。

白田は希佐が割り込んできた時の母の姿を思い出す。

驚愕し、明らかに怯《ひる》んでいた彼女は、結局、子どもにしか強がれない哀れな人だったのかもしれない。

母を捨て、一つ思い出したことがあった。

子どもの頃、まだ裕福だったあの時代。

歌を披露する白田を見て、母は嬉しそうに笑っていた。


「はい、ここでルイスと向井《むかい》の怒鳴り合い！」

クォーツの稽古場。スズと希佐が前に出て、芝居でぶつかり合う。

一年ながら、既にクラスの中核を担う78期生の星。

いつか白田を追い越し先頭に立つのだろう。

それはそれでいいと思える。

だが――

既に覚悟を決め、クラスを背負っている御法川と菅知の姿が頭をよぎる。

白田はクォーツの先輩達を見た。クォーツの同期達を見た。クォーツの後輩達を見た。

そして最後に、あの日、白田を庇った希佐を見る。

(僕は何者になりたいんだろう)

今までなかった疑問を胸に刻みつけるように、白田はじっとクォーツを見つめ続けた。

からからから

——あなたは器《うつわ》になにを求めますか？

1

緋色に染まった石階段の上、伸びる影は孤独に染まっていた。

クラス稽古を終え、夕食をとった後、再び稽古場に戻ってきたフミは、恐らく通しで稽古を続けていたのだろう人物の姿を見つけて、驚いた。

フミの後輩、白田《しろた》美《み》ツ騎《き》だ。

携帯で音楽を流し、鏡に自分の姿を映しながら踊っている。

夏公演はもう間近に迫り、追い込みが始まるこの時期において、白田のダンスは普段であれば彼が『完成』と判断をくだすであろうレベルに達していた。いや、もう超えているかもしれない。

しかし、彼はまだ納得がいかないのか、繰り返し踊っている。

白田はいつも、自分なりの合格点に達するとダンスの稽古を早々に切り上げ、時間を歌に費やしていたのに。そもそも、居残りダンスをすること自体少なかった。

フミの口元に、自然と笑みが浮かぶ。

「つき合おーか、ミツ？」

「……！　フミさん」

区切りのいいところで声をかけると、白田がこちらを振り返って渋い顔をした。

「フミさんからの指導って、ガチになっちゃうじゃないですか……」

「なーに、今日は優しくしてやるサ」

「信用なりませんよ」

白田が疑いの眼差しを向けてくる。それでも彼は気持ちを切り替えて「じゃあ、お願いします」と言った。

二年になり、後輩が出来たことで、彼は着実に変わっている。

「お疲れ様でーす！」

「お疲れ様です」

そこに、スズと世長《よなが》がやってきた。

「おー、オツカレさん。お前達も稽古か」

「社交ダンスの練習ッス！　クラス稽古中、あんま踊れなかったから」

スズと世長は今回の夏公演で、ペアの社交ダンスシーンがある。

「あれ、でも、もしかして今からグレガリ稽古だったりします？」

白田の携帯から繰り返される音楽は、夏公演のオープニングダンス『我らグレートガリオン』。

ダンスには白田だけではなく、スズと世長も参加する。白田は嫌な予感がして眉をひそめた。

「だったらオレらもいいスか！」

やりたいやりたいとアピールするようにスズが右手を大きく挙げる。

「す、スズくん、でも、邪魔になっちゃうんじゃ……」

世長があわあわとフミ達とスズを交互に見た。特に白田の表情が気になるようだ。

「別に構わねーよ、なぁ、ミツ？」

「ええ……？　……はぁ。仕方ないな」

「おっしゃ！」

スズが嬉しそうにフミ達の元に駆けてくる。

遠慮深い世長は不安そうだったので「ほら、ソーシも来な」とフミが招いてやると、「わかりました」と輪に加わった。

「これが終わったら社交ダンスの稽古つけてやるよ」

スズが「マジすか！　やった！」と喜び、世長の表情も明るくなる。

（可愛いもんだな）

「ありがとうございました！」

稽古をつけ改善点と課題を与えた後、フミは場を後輩達に譲り、ユニヴェール生共用のダンスルームに移動した。

時間が遅いのもあって人の姿はない。ここからはフミだけの時間だ。

今回の公演、フミは社交ダンス教室の先生。だが、社交ダンスに限らず、様々なダンスが盛り込まれており、フミを美しく飾り立てる。

だからこそ、下手なものは見せられない。

（……それにしても、な）

夏公演、アンバーが不参加になるとは。

ユニヴェールの至宝、立花継希《つき》卒業後、入れ替わるように現れた新星、田中右宙為《たなかみぎちゅうい》。

継希達74期生が生み出した煌びやかな歌劇とは対照的な、心の奥、誰も知らない深い場所をえぐり出すような舞台に、多くのユニヴェールファンは酔いしれた。

本来であれば、選りすぐりの才能に限りなく自由な環境を与え、凡人には理解出来ない新世界を生み出す天才達の実験施設のような場所だったアンバーが、ユニヴェールの本流になったのだ。

立花継希の栄光を覆すようにのし上がるアンバーの姿が痛快だったのもあるだろう。

舞台未経験者が多く存在するクォーツで、それこそ未経験者として入学した立花継希が、舞台経験者達を倒し勝ち上がっていく姿に熱狂したように。

人は常に新しい刺激を求める。流れは今も田中右にある。

その田中右が、海外から高く評価され、アンバーを引き連れ海外公演を行うことになるとは。

アンバー生達は海外公演に向けて自クラスの稽古場にこもり、昼も夜もなく稽古していると聞く。

この海外公演で、アンバーというクラスにさらなる箔がつき、田中右の存在は神格化されていくだろう。

ただ、焦ってはいない。

クォーツは今、新しい原石達を招き入れ、クラスを形作る上での重要な過渡期にある。

ここで田中右をぶつけられては、彼の存在が混じりクラスの形が崩れかねない。

透明なクォーツの。

（……ん？）

ぴり、と皮膚を刺されるような感覚を味わった。ダンスはそのままに、ガラス越しにつとうかがう。

（へぇ、珍しいな）

伸ばした髪を肩から流すように垂らし、細身で小柄ながらも、射貫くような視線が苛烈なアンバーの一年、紙屋《かみや》写《うつり》。

紙屋の少し後ろに立ち、一見、温厚で控えめに見えるが、這いずり回るような仄暗《ほのぐら》い視線が内面に潜む闇を感じさせるアンバー一年、百無客人《ももなしかくと》。

二人は共にジャンヌ生で、新人公演の舞台ではWアルジャンヌだった。

彼らは無言のまま、フミの邪魔にならない場所でダンスの稽古を始める。

だが、刺すような、舐め回すような視線は変わらない。

(勉強熱心なのはいいこった)

フミの技術を盗みとろうとしているのだろう。

(もうちょっと気持ち良く盗んでくれたら最高なんだけどな)

フミは動じることなく、ダンスを続ける。

しばらくすると、彼らは消えるようにダンスルームを後にした。

「んー……」

フミは大きく伸びをして、息をつく。

これで終わりか、始まりか。

2

(今日もか)

ダンスルームに紙屋と百無が訪れて以降、この場所で彼らと遭遇する回数が一気に増えた。

もともと聡《さと》いフミだ。ここまで露骨だと早々に気づく。

最初からフミが目的でダンスルームに来たのだろうと。

なおかつ、この行動を継続する意味があると判断されたようだ。

彼らはフミが踊り出すと現れて、じっと見つめ、フミが稽古を終える前に去って行く。

常に一定の距離を保ち、接触しようとはしない。

ただ、視線はあけすけになってきた。

ユニヴェールの夏公演が近づいているのと同じように、アンバー生達も海外公演が迫っている。


「そいつは上手《うま》くいってなさそうですなぁ、懐かしのアンバー！」

窓は分厚い遮光カーテンで万年閉ざされ、パソコンモニターの光が太陽代わりになっている根地《ねじ》の作業部屋。

椅子に腰掛け、公演本番に向けたチェックをしていた根地に、ダンスルームでの件を話すと、笑い飛ばすように言った。

「まぁ、ユニヴェール最強の？　アルジャンヌである？　高科更文《たかしなさらふみ》さんの？　すんばらしいお姿を？　ただただ目に焼きつけておきたいだけかもしれませんがぁ～？」

「半笑いで言ってんじゃねーよ」

「こいつは失礼、では豪快に、ぬははのは！」

悪びれた様子もなく、心底楽しそうだ。フミが拳を上げてみせると、わざとらしく姿勢を正して真顔になった。すぐ笑顔に戻ったが。

「でも、ホントおかしいよねぇ。あの二人、新人公演の様子から見るに、人に教えを請うようなタイプに見えなかったもの」

「視線に素直さもなかったわ。不平不満を抱えながらも活路を見いだすために仕方なく見てる、ってカンジ」

「んー」

根地が口元に指を寄せる。

「アンバーは海外公演で『我死也《われしなり》』をやるらしいからねぇ。難航してるんでしょ」

――『我死也』。

昨年度の夏公演で、天才、田中右宙為の人間離れした才能を全て余すことなくこの世に知らしめた演目だ。

巨大なむくろ『がしゃどくろ』と、父の敵を討つため『がしゃどくろ』に身を差し出した悲しき娘『瀧姫《たきひめ》』の物語。

その『がしゃどくろ』を田中右が、『瀧姫』をかつてアンバー生だった根地黒門《こくと》が演じていた。

根地のクォーツ転科によりそこは空位となったが、今回、紙屋か百無が入ることになるのだろう。入学して間もない彼らが他のアンバー生達を差し置いて。そういうものだともフミは思う。

「でも、難しいからなぁ『瀧姫』……いや、宙為の『器』は。少なくとも僕以上のものは見せないと」

深刻さを現すように、根地が眉間にしわを寄せる。

「控えめに言っても天才・根地黒門くんを超えるものを見せなきゃいけないなんて、なんという試練……」

「その顔で言うセリフか」

根地がははは と胸を反らせて笑う。

「でも、この僕でも、宙為にピッタリはまれる器になり得なかったからね」

根地本人がなろうとしなかったのもあるだろうが。

「恐らく今のアンバー、宙為を納得させるだけのものが出来ていない。これはゆゆしき事態だよ。宙為の舞台への意欲が削がれる可能性があるからね」

話しながら、根地の声色が、真剣味を帯びていく。

「クラス優勝、それがクォーツの悲願だ。そのためにはアンバーに打ち勝つ必要がある。だけどね、ただ勝てばいいわけじゃない。本気の宙為に勝ってこそだ」

フミも根地と同じ気持ちだ。

「しっかし……」

根地がうーんと首をひねった。

「どの程度、困窮してるのかねぇ、アンバーは。新人公演に宙為が不参加だった時点でヤバヤバのかほりがしてたけど。今後、全公演不参加だなんてことになったら困りますわよ、あたくし」

あの田中右だ。あり得ない話ではない。根地が「三年にはタイムリミットがあるんだから」とぼやく。

「でも、アンバー生に『どうよ、不調してるっ？』なんて聞いても答えてくれないだろうし」

そもそも、根地の性格と恐ろしさを熟知しているアンバー生が、安易に情報を漏らすとは思えない。

フミは視線を落として考え込む。

「じゃあ、調べてこよーか？」

根地が「んんっ？」と詳細を求めるようにフミを見た。

「アンバーが今どういう状況なのか俺が探ってくるよ」

根地が椅子からぐっと身を乗り出し、顔を近づけてくる。

「なにそれ面白そう」

3

平日のクラス稽古後。

アンバーを探るため、フミが向かったのはダンスルーム——ではない。

「よっと」

ドアを開くと、重苦しい配色で染まった室内を、むき出しの蛍光灯が冴え冴えと照らしている。立ち入ることが許されない空間。

「いつになったら出来るようになんだ、あんたらはよッ！」

叩きつけるような声が響いた。紙屋だ。

「いつか出来るようになるだなんて期待するから腹が立つんですよ、ウツリ」

声色は撫でるように穏やかだが、そっと人を崖下に突き落とすような残酷さで百無が言う。

ここはアンバーの稽古場。

田中右の姿はなく、クラスは一年二人に支配されていた。

「はぁ？　だったらもうユニヴェール辞めちまえよ！」

苛立ちを隠すことが出来ない紙屋に、やれやれと微笑む百無。

「………………」

フミはじっとその光景を見つめる。

「……なるほどね」

そして躊躇なく足を踏み出した。

「よぉ」

重苦しく殺伐としたこの空間で、フミの声がいっそ違和感を覚えるほど美しくなめらかに響いた。

「……！　高科更文……」

振り返った紙屋が驚きに目を開く。

「『先輩』、ですよウツリ」

百無が注意するように言う。口元の笑みは崩さぬまま、ただ、視線は探るように。

アンバー生達も、フミの登場にざわついている。

「……どうされたんですか、高科『先輩』。なにかご用事で」

紙屋が問いかけ、フミが、「ああ」と頷く。

「指導に来てやったよ」

「は？」

「アルジャンヌについて、学びたいんだろ？　ほら、ここんところずっとダンスルームで俺のこと見てたじゃねーか」

フミは紙屋達の顔がしっかり見える距離まで詰めて、足を止めた。

彼らもフミを見ている。見ざるを得ない。

「言ってくれりゃあ直接教えてやるのにサ？」

責めるように言ったわけではなく、余裕たっぷりで。

そこにフミの底知れなさを感じたのか、紙屋がぐっと口を閉ざす。代わりに百無が「大変失礼しました」と謝罪した。

「高科先輩の稽古を邪魔をするわけにはいかないと、余計な気を回していました。ご教授頂きたいときちんと伝えるべきでした。断りもなく、不躾《ぶしつけ》なことをしてしまって申し訳ありません」

百無が心から詫びるように頭を下げる。

そういうお芝居だ。

フミは「いーえ」と受け流す。

「あれだけ繰り返し見にくるってことは、相当切羽詰まってんだろ。海外公演前だもんな。『我死也』……どっちが瀧姫やんの？」

紙屋が反射的に顔をしかめた。感情がすぐ表に出る生徒だ。その後、チラリと百無を見る。情報を与えていいのか問うように。

百無は、ここまできて黙っているのは難しいと判断したのだろう。

「僕ら二人で、田中右先輩の器として『瀧姫』を演じる予定です」

——一人じゃ支えられないってことか。

アンバーの問題が少しずつ浮き上がってくる。

「クロの『瀧姫』を、どっちも表現出来なかったんだな」

「……！」

紙屋の目が、答え合わせのように尖った。

かつての瀧姫は根地黒門。当然、最初は根地の瀧姫を参考にするはずだ。

しかし、上手くとり込むことが出来なかったのだろう。根地は、クォーツでは裏方に回ることが多いが、芝居においても天才だ。

結果、瀧姫は二つに分かれ、新しい形を追求することになった。

そこで彼らが目をつけたのが、フミだったのだろう。

「『瀧姫』、か。あの公演からもうすぐ一年たつんだな」

フミがゆったりと話し始める。

「印象に残ってんのは、『瀧姫』が父の敵をとるため、水神の社《やしろ》で丑《うし》の刻《こく》参りするシーンだ。その怨嗟《えんさ》が、神ではなく『がしゃどくろ』を呼び寄せる……。一番難しいシーンでもあるんじゃね?」

紙屋だけではなく、百無も黙った。まさにその通りだからだ。

「せっかくだ、そのシーンやってやるよ」

えっ、と紙屋が驚きの声をあげた。百無の眉もピクリと動く。

「どうする?」

フミは彼らに自ら選択するよう促した。

彼らは警戒するように視線を送り合い、小さく頷く。

紙屋が言った。

「ぜひ、よろしくお願いします。すぐに台本を用意します」

——相当切羽詰まってんだな。

もはや海外公演が行われるか否《いな》かの瀬戸際まで来ているのかもしれない。

紙屋がアンバー生に目配せし、台本を用意させようとする。

「ああ、必要ねーよ」

フミは彼らの動きを制した。

「『瀧姫』が祈禱《きとう》するシーン、感覚で覚えてっから」

フミは思い出す。

——御上《おかみ》の神よ。

舞台の上、混沌《こんとん》のアルジャンヌ、根地黒門。

——尊御身照覧《とうおんみしょうらん》し給《たま》え！　呪い給い、穢《けが》し給え、神かむながら祟《たた》り給い、災厄与え給え！　私に父の仇《あだ》を討つお力添えを……そのためならすべてを捧げましょう、この血も肉も、骨までも‼

命を懸け祈る瀧姫——根地の姿にヒリついた。根地が本気を出せば、フミに勝るとも劣らないアルジャンヌになるのではないかと思った。それほど強烈な光景だった。

——ただ。

（俺も負けるわけにはいかねーもんでサ）

フミがひらひらと手を扇《おうぎ》のように動かす。

「……俺がやるなら、セリフはいらねぇ」

その扇で顔を隠した。

「……！」

紙屋と百無が、なにを感じたのか一歩後ろに下がる。他のアンバー生達も、恐れるように。

（『アルジャンヌ』……見せてやるよ）

扇がパタリと落ちた。出てきたのは虚ろな瞳と引き結ばれた唇。その体が一瞬でくずおれる。

地に伏して、ピクリとも動かない体。

突如ビクンと大きく背が波打った。

脊椎《せきつい》が皮膚を突き破り暴れ出すのではないかと思うほど、激しく。

怒りで煮えたぎった血が、しぶきとなってこの世を全て染め上げる勢いで。

だん、と両手で地を打ち、天に突き上げた。糸で引かれるように、人とは思えぬ動きで立ち上がる。

そして一気に踊り出した。

「……！」

覇気にけおされて、アンバー生達が震え上がる。しかし誰一人逃がさない。

父の敵が討てるなら、この世もろとも生贄《いけにえ》だ。

踏み打つ音《ね》は太鼓の音。切り裂く風は笛の音《ね》に。

人の命を食い荒らし、穢れ乱れる怨嗟の舞。

愉悦の笑みが浮かんでくる。

人ならざる者への入り口か。

引きちぎれるほどに高く高く、伸ばした手の先、『がしゃどくろ』。

可愛い、可愛い『がしゃどくろ』。

私の願い、聞いとくれ。

抱き寄せ、あやし、口づけた。

月は消え去り、星落ちる。

これが——

「……俺の『瀧姫』だ」

パンッ、と。

フミが大きく手を叩いた。

アンバー生達の体がびくりと上下した。息を乱して胸を押さえる生徒、顔が青ざめよろめく生徒、その場に座り込み動けなくなる生徒。

呼吸を忘れた皆の体が苦痛と共に蘇る。

フミは紙屋と百無を見た。

紙屋の顔は歪み、百無の口には笑みがない。

フミの唇が美しい弧を描く。

「頑張りな、『ジャンヌ』？」

フミは二人の反応を見ることなく背を向け、アンバーの稽古場を後にした。

どこか遠くから、「クソォッッッ!!」という叫び声が聞こえた気がした。


夏の日は、既に山の向こうへとさしかかり、空は緋色に燃えている。

（ちょっと大人げなかったかな）

フミは反省するように息をつく。

紙屋と百無が、アンバー生を激しく責める姿を見て、思い出したことがあった。

遠くない昔。継希が卒業して、全ての歯車が崩れ落ち、なにひとつ上手くいかなくなった、昨年度。

フミも彼らと同じように、クォーツの生徒達に当たり散らしていた。

特にジャックエースへの当たりは強く、継希の後を引き継いだ一期上の先輩、なにより、根地に指名され突然ジャックエースを任されたカイへの言動は、目も当てられるものではない。あまりにも人として未熟で、子どもだった。

――それでも、カイは……

思考はそこで止まる。

ユニヴェールから玉阪坂《たまさか》へと繋がる石階段。夕焼けに照らされたその場所。

「………」

田中右宙為が、いた。

なにもかも摑み潰せるだろう長い手足に、空間をねじ曲げてしまいそうなほど異質な存在感。ユニヴェールを塗り替える男。

ただ、その目は愁《うれ》いを帯びて眼下に広がる玉阪市を見つめている。

「よぉ」

フミは田中右に呼びかけた。距離は遠い。

だが、声は確かに届き、田中右がゆっくりとこちらを向いた。

「今日、アンバー生に稽古つけといたわ。『瀧姫』をやったよ」

「………」

田中右がじぃっとフミを見る。しかし言葉はない。

フミはふっと笑って、「じゃあな」とクォーツ寮に向かって歩き出そうとした。

「高科先輩」

呼び止めるように名を呼ばれる。

振り返ると、やはり田中右はフミを見たまま言った。いや、問うた。

「……あなたは器になにを求めますか？」

あまりに突然で、思いがけない質問に、フミは驚く。

田中右がなおも言った。

「己に不釣り合いな器は必要ですか？」

「……！」

器。

それは、フミにとってカイ、田中右にとっての紙屋、百無を指す。

田中右はそのどれもが器たり得ぬ人間だと、言っているのだ。

「……先に一つ言っとくけどよ」

口調は、いつも通り、ゆったりとリズムは崩さずに、

「俺ってすげー我儘《わがまま》だからさ。パートナーには全て求めちまうんだ。だから――」

フミは懐かしむように笑った。

「立花継希って人と組んでた時でさえ、満足したことはねぇ」

そんなフミの理不尽な不平不満を、継希は笑って受けとめてくれていた。

「カイにもな。ついついあれこれ求めちまうことがある」

一番荒れていた時代、人を傷つけることにあまりにも鈍感だった頃。全ての受け皿になったカイ。

それでも、カイはついてきてくれた。

なにより、フミの力を信じてくれた。

フミがいればいずれ必ずクラス優勝がとれる、そのためにも、器が必要なのだと。

だから最近、特に思う。

お前も華として舞台の真ん中で輝けと。

前は、継希と同じようにそう在《あ》れと叫んだ。今は違う。

パートナーとして組んで共に時間を過ごすうちに、気がついたのだ。

カイにも舞台の真ん中で、華として立つ力があると。

そしてもうひとつ、わかったことがある。

カイが華になるためには器が必要で、その役目を果たせる人間は、フミではない。

フミとカイのパートナー関係は、カイが散らした華の上に成り立っている。

それが、苦しい。

ただ、それでもだ。

「俺にとっちゃ、あいつはいいパートナーだよ」

自分達には、自分達にしかわからない絆があるのだ。

フミの言葉を田中右は最後まで聞いていた。

「……ですが」

聞いた上で、彼は言う。

「あなたと睦実介《むつみかい》では俺に勝てない」

「……！」

淡々と、事実だけを伝えるように。

「昨年度のユニヴェール公演で教えたはずです。あなたを華に、睦実介を器におき、形作られたクォーツの舞台は……アンバーを去り、クォーツを選んだ根地先輩の判断は、全て

間違っていると」

そうでしょう？　と田中右が顔を傾ける。

「だからクォーツは俺に負けた」

フミの表情が、初めて険しくなる。

フミとカイ、華と器の形が出来上がった昨年度のユニヴェール公演。クォーツが全力で挑んだ公演で、優勝したのはアンバーだった。

――高科、来期……頼むな。

先輩にユニヴェールの至宝、立花継希。後輩にアルジャンヌ、高科更文を持った、クォーツ75期生達の言葉。

彼らは笑顔だった。大粒の涙をこぼしていた。

あの姿、決して忘れない。

「……今のクォーツには、興味を持てません」

田中右が背を向ける。

「田中右」

今度はフミが呼び止めた。

「秋、楽しみにしてな」

確かに自分達は負けた。

でも、あの時のクォーツとは違う。

強く輝く新しい原石。研磨されてゆくトレゾール。自身の全てを注ぎ込む舞台の設計士に、クラスを守り支える大きな器。クォーツの仲間達。

「クォーツが最強だ」

そして、クォーツの顔として、華として立ってきた自分が、絶対にクラスを優勝に導いてみせる。――あの人のように。

「だから海外公演、手ぇ抜かず頑張ってこいよ」

フミはハッパをかけるように言った。

「……」

田中右は視線を外し、今度は玉阪座を見つめる。

「……高科先輩」

「ん？」

浅くこちらを向いた田中右の顔が、夕日のせいでよく見えない。

「あなたの瀧姫、拝見したかったです」

「……！」

「俺が求めているものは、そこにないのでしょうけど」

そう言って、田中右は去って行った。

自らを追い込み続ける孤独な表現者。

その苦しみはフミにもわかる。

だが、それでも——
「……お前を本気にさせてやるよ、田中右」

JACK
ジャックジャンヌ
JEANNE

JACKJEANNE

『あらた森の蟲退治』

JACKJEANNE

1

大伊達山《おおだてやま》の中、ユニヴェールよりも高い場所。晴れた日には遠く海まで望めるその場所に比女彦《ひめひこ》神社はある。神の住まう山として古来より信仰されてきた大伊達山を祀《まつ》るもの――ではなく、玉阪座《たまさか》の始祖、初代・玉阪比女彦を祀った神社だ。芸ごとの神様としても名高く、玉阪座の役者や、ユニヴェール歌劇学校の生徒が、舞台の成功祈願に来ることもあった。

「ふぅーむ」

その比女彦神社で、クォーツの組長兼、脚本家兼、演出家の根地黒門《ねじこくと》は、境内をうろうろ徘徊していた。舞台脚本のネタ探しだ。時期はまだ夏公演真っ盛りでも、脚本家として、先の準備を進めておく必要がある。

信仰は人々が繋いできた分厚い歴史書。逸話も多いこの場所なら、なにか新しいインスピレーションを授けてくれるのではないかという期待があった。

境内には、歴代の玉阪比女彦が献木したという、梅に桃、桜に牡丹。今は橘の花が盛りか。運気の良い方角に献木しているのが四代目で、目立つところは八代目、逆に控えめなのは拍子木の役者紋が添えられているので十二代目だろう。

「ん……？」

その木の根元で鳥が数羽、連れ立って土を突《つつ》いている。その中の一羽がぴゅっと顔を上げた。くちばしには大きな虫がいる。独り占めするかと思いきや、鳥は虫を仲間に分けた。

「そういえば……」

根地の脳裏に、とある言い伝えが思い浮かぶ。それに重なる『人』も。

根地はメモ帳をとり出すと、一気にペンを走らせた。

（これ、合うかも）

この時は予感。

確信は、夏公演前夜。

「カイさんが主役として映《は》えるように、カイさんの器《うつわ》になりたいんです！」

いつも穏やかな空気をまとう希佐《きさ》が、代償を伴うことを知っていながら真っ直ぐに。舞台を、クラスを、希佐を救い出してくれた先輩を想って放った言葉。

——これは観たいな。

2

嵐のような夏公演が終わり、夏休みが始まった頃。根地はクォーツ生を全員、稽古場に呼び出していた。突然の、しかも根地からの召集に、みんな警戒している。

「では、発表します！」

そんな空気を吹っ飛ばすように、根地が高らかに宣言した。

「我がクォーツ、玉坂市内の小学校にて、訪問公演を行います！」

クォーツ生達が「えっ」と一斉に声をあげた。

「訪問公演！　学外で舞台経験が積めるということだよ！」

喜びたまえと言うように根地が補足すると、一年生達が「いいこと、なのか？」と根地の言葉を前向きに受けとろうとする。

「いや、ちょっと待ってくださいよ」

対照的に、二年生と三年生の表情があからさまに曇った。その不安を代弁――するつもりはないだろうが、白田《しろた》が声をあげる。

「それ、公演日はいつ……」

「一週間後だよっ」

白田が言い終わるよりも早く、食い気味に、根地がおどけて言った。稽古場が一瞬しんと静まりかえり、そして「え～～～～～～～～～～～～～～ッッ!?」の大合唱。

ただでさえ大きな声のスズが「いや一週間後って!!」と叫び、その声にかき消されながら世長《よなが》が「近すぎませんか……!?」と青ざめ、白田は呆れてものが言えない。

「あっ、もしかして」

そこで世長が気づいたように声をあげた。

「『不眠王《ねむらずおう》』や、『ウィークエンド・レッスン』の再演、ですか？」

スズが「それならいける！」と拳を握った。

「違う！」

却下され、二人は落ち込む。根地は「だってあれ、子ども向けに作ったわけじゃないもの～」と肩をすくめた。

「だったら……」

今度は希佐が発言を申告するように軽く手を挙げながら、前に出る。

「小学校の子ども達に向けた、全く新しい公演をこの一週間で準備して披露するんですね」

「まったくもってその通り！」

再びクォーツ生達が「いやいやいやいやいや！」と騒いだ。

「つーか、なんでもっと早くから準備始めなかったんスか!?」

「織巻くん、あのねぇ、早くっていつよ。夏公演準備期間中かい？　ただでさえ大変な上に、転科騒動なんてものが勃発してたのよ？」

世長が「転科は根地先輩のせいです」と見逃すことなく指摘する。だからスルーする。

「夏公演の準備をしながら、訪問公演の準備もしていたら、どっちも中途半端になってたよ」

じっと話を聞いていたカイが、「コクトの肩を持つわけではないが、公演を二つ掛け持ちするのは、厳しかったと思う」と、現実的な意見を述べた。

それに……とフミが言葉を引き継ぐ。

「策はあるんだろ、クロ？」

いますよぉ～」と手をこする。

ないなんて許さねぇぞ、という圧力が込められたメッセージだ。根地は「もちろんございますよぉ～」と手をこする。

「クォーツ生に負担少なく、子ども達も大喜びな舞台が、この『あらた森の蟲《むし》退治』にあるんです！」

根地はあらかじめ用意していた台本を掲げた。台本にはしっかりと『あらた森の蟲退治』と書かれている。

「うわっ、マジモンだ……！」

既に台本が出来上がっていたことへの驚き、本当に一週間後に舞台をやるのだという実感、そして、こんな状況であってもこみ上げてしまう、舞台への期待。

根地が「ほーらお配り！」と台本を方々に渡す。前から後ろに、台本が広がっていく。

「んー……、二十分から三十分くらいだな」

台本の厚さと中身をざっと確認したフミが、上演時間の見当をつけた。「それなら子どもも見やすいかもしれない」とカイが頷いている。

（さてさて）

根地は希佐の様子をうかがった。

「………」

希佐は台本を食い入るように見つめている。心は既に、次の舞台に向かっているようだ。

根地の口元に、思わず笑みが浮かんだ。

「じゃあ、展開が早すぎてまっことすまんが、『あらた森の蟲退治』について説明をするよ！」

こうなると、みんな根地の話を聞くしかない。

「『あらた森の蟲退治』は、森を食い荒らす蟲達を、心優しき一羽の鳥が退治するお話だ」

「なんか日本昔話みたいッスね」

「まさにその通り！」

こういう時のスズは、作品のイメージがわいてくるシンプルで誰にでもわかりやすい感想を言ってくれるのでありがたい。

「では、更に詳しく説明していこう！　配役も合わせてね！」

——昔々、ここから南東の方角に、緑豊かな大きな森がありました。森には神様が住み、動物達と幸せに暮らしていました。

「……この『森の神様』は君しかいません森男、ジャックエース、睦実介《むつみかい》！」

「わかった」

——ある日、森の神様は、あちこちで草木が食い荒らされていることに気がつきました。

犯人は遠い大陸からやってきた蟲達です。彼らの食欲はとどまることを知らず、この森全てを食べ尽くしてしまいそうな勢いでした。

森の神様は蟲達を追い払おうとしたのですが、逆に蟲達に襲われ、怪我をしてしまったのです。

「……この常に腹ぺこな暴れ者、蟲の親玉にジャック、織巻寿々《おりまきすず》！」

「えっ、オレっ？　蟲!?」

「ちなみに蟲の子分がジャックで鳳　京士《おおとりきようじ》！」

「屈辱的ですが頑張ります！」

——このままでは森が死んでしまう。森の神が助けを求めたのは、美しき空の神でした。

「ここにアルジャンヌ、高科更文《たかしなさらふみ》ね！」

「はいはい」

——空の神は森を救うため、鳥達を集めて言いました。

『誰か森に下りて、蟲達を食べてきてちょうだい』

でも、一匹二匹ならいいものを、相手は大群です。鳥達は難色を示しました。

空の神は、直接、一羽一羽に頼みます。まずは鶴。

「この白く美しい鶴をジャンヌ、白田美ツ騎《みき》！」

「色合いで決めてません……？」

——鶴は、木に光を遮られた暗い森を見下ろして、あんな怖い場所には行けませんと断りました。

空の神は次にヨタカを見ました。

「このヨタカに、ジャンヌ、世長創司郎《そうしろう》！」

「……！　ヨタカ……。わかりました」

――ヨタカは泥でぬかるむ森を見下ろし、あんなところで蟲を追いかけられませんと断りました。

他の鳥もみんな一緒です。なにかと言い訳をして女神の願いを断ります。蟲達を止めなければ、森が死に、自分達も生きていけなくなることなんか考えずに。

女神は最後の一羽を見ました。

名を『あらた』。

「この鳥は、『あらた森』にしかいない固有種だ。細い脚と、長く美しい羽根を持ち、いつも空を飛び回っている。これに……ジャック、立花《たちばな》希佐！」

希佐がスッと顔を上げ「はい」と答えた。

「ジャックエースとアルジャンヌは別に置いているが、あらたが実質主役だ。あらたは気が優しく、仲間想いの鳥。優しく演じてあげて欲しい」

「優しく……ですね。わかりました」

希佐が言葉を噛みしめるように言う。根地はそんな希佐を短く、しかし深く視《み》た後、クォーツ生達を見渡した。

「あらたは森を守るために森へ下り立つことになる。この物語を、『語り部《かたべ》』としてジャンヌの僕が進行していく！」

スズが「語り部？　進行？」と首をかしげた。

「僕が物語の流れを語り部として説明することで、君達のセリフを極限まで削るのさ！」

そして、このサイズ感、セリフ量であれば、一週間で間に合うと根地は踏んでいる。夏公演を終え成長したクォーツ生なら。

「それじゃあ本読みするよー！」


それから、あっという間に稽古が始まり。

——あっという間に本番が来た。

3

「いやもう、無茶すぎ……」

小学校の体育館。ステージ横にある小さなスペースで、メイクの仕上げをしながら白田がぼやくように言った。

「間に合わないかと思いました……」

衣装に袖を通した、世長も遠い目をしている。

「でも、間に合って良かった！」

計算通りとばかりに根地がふんぞり返ると、白田が白い目を向けてきた。

「それにしてもすごいッスね、この衣装！」

演者達の準備は一週間前から始まったが、衣装などは早々に発注済みだ。今回は日本昔話風ということもあって、和テイスト。フミは手慣れた様子で着替え、カイも準備を終えている。

「子ども達、だいぶ集まってきましたね」

いつの間にか支度を終わらせていた希佐が、幕の隙間からそっと体育館の様子をうかがった。しかし、なにかに気づいたようにぱっと身を隠す。

「こら、ダメよ！」

幕の向こうから女性教師の慌てた声が響き、幕が少しだけめくれた。子どもが壇上にあがり、いたずらしたようだ。

子ども達にとって、今日は夏休み期間中の登校日。久しぶりの学校や友達に、興奮している子も少なくない。

「舞台、最後までちゃんと見てくれるかな……」

世長が心配そうに呟く。

自分達のホームであるユニヴェール劇場ではなく、相手のテリトリーに入る訪問舞台。しかも相手は観劇に慣れていない子ども達だ。世長の不安ももっともだろう。

「大丈夫だよ」

そんな世長に希佐が笑いかける。

「きっと楽しんでくれる」

希佐がそう言うだけで、その場の温度が上がる気がした。

「そのとーり！　ここにいる子ども達、教師も含め全員、夢中にさせちゃえばいいのさ！」

根地の言葉に、クォーツ生達が頷き合う。

「それでは、……ぶっかましていきましょうっ！」

体育館の電気が消えた。暗くなり、子ども達がいっそう騒ぐ。そんな中、舞台の幕が、するすると左右に開く。

真ん中に、スポットライト。光をあびるのは根地——ではなく、語り部だ。

「『むかーし、むかしのお話です』」

導入は凡庸。誰でも聞いたことがある、誰でも知っていそうなお話。しかし、語り口は軽妙で、まるで歌うよう。それが子ども達に、特別な時間の始まりを予感させたのか、ざわめきが引いていく。

「『ここからずっと向こう、東と南の、ちょうど真ん中』」

語り部はスッと、その方角を指さした。思わずその方角を振り返った子ども達に、眼差しで「いい子だね」と微笑みかける。

「『そこに、あらた森という、豊かな森がありました』」

一人一人に話しかけるように。その小さな手をとって、ゆっくり歩き出すように。

誘いに、子ども達は物語の中へと招かれていく。

「『どんな森かって？　それはね……』」

君達だけに教えてあげる。

語り部が囁《ささや》くように言って、そして——

「『こんなところさ』ッッ‼」

ドン！　と打つような音が響いた。

一気に舞台を照らすライト、鳴り響く音楽、高らかな歌声。

——さぁ、おでましだ！

「『あらた森へようこそッ！』」

強く、熱く、カイ——森の神の声が子ども達の心を貫いた。

「『ようこそ、ようこそっ！』」

折り重なり放たれる声々声。ある者は角、ある者は耳、ある者は牙をはやし、動物模様の着物を着た森の住民達がなだれ込む。その迫力に、子ども達が「わぁ……！」と声をあげる。

「『では森の紹介をしよう！』」

森の神が指を立て、ニッと笑ってから、大きく両手を広げた。動物達が彼の元に集まり、陽気に歌い出す、踊り出す。

子ども達の顔が一気にほころんでいく。

しかしまだまだこれからだ。森の神が長い両手を天へ伸ばした。

「『空にも私達の仲間がいる！　ほぉら！』」

そこに、天井を突き破りそうなほど高い声が重なり合った。耳を塞ぎたくなるほど大きいのに、なぜか聞きたいその音色、いや、鳴き声。美しい羽根を模した羽織をなびかせて、空の住人——鳥達が現れた。鳥達は森の住人を押しのけ、軽やかに舞い踊る。誰かの到来を待つようにその人が、来る。

「わぁ……！」

子ども達から歓声があがった。フミ——空の神が、息を飲むほど美しい笑みを浮かべ、優雅に舞い降りた。


「……おし、おし、おし！　さっすがフミさん！　みんな舞台見てる！」

「おい、それよりさっさと着替えろ！」

「はいはい！」

舞台裏、鳥達に追いやられた森の動物達。その中に、スズと鳳も入っていた。オープニングダンスは迫力を出すため、クォーツ生全員参加だったのだ。スズや鳳、他の蟲役も最初は動物役として舞台に上がる。

スズは服を脱ぎ捨て、あっという間に蟲へと早変わり。そしてまた袖に張りつく。なんだかんだ言いながらも鳳もすぐ後ろに陣どり、舞台を見た。

「うおー、フミさんとカイさんキレッキレ！」

ダンスは、森の神と空の神のダンスに移る。

「準備期間一週間しかないから、デキる人にメチャクチャやってもらって舞台の質ガンガン上げていこう作戦よ」

進行を見守りながら根地がふふんと鼻を鳴らす。スズが「さっすが根地先輩！」と持ち上げてくれる。

「カイさんいつも以上にカッケー気がする」

いつも真っ直ぐなスズの感想。いつもねじれている根地も同感である。

「立花のジャックもいいよな〜」

カイとフミの周りには鳥達も舞っていて、その中に希佐がいる。夏公演でカイを華にした希佐だ。

（夏公演の記憶が、立花くんの存在が、カイに自信を与えている）

それはカイに限ったことではない。なにより希佐自身が大きく成長している。

人と関わり、交ざり合うことで成長を遂げるタイプだと思っていたが、それにプラスして、誰かを強く想うことで、進化出来るらしい。

だからこそ、今回の舞台で見たいものがある。

「……っと、ダンスもう終わるね！　ストーリー進むよ！」

スズと鳳が衣装を整える。

「『あらた森の蟲退治』、とくとごらんあれ！」

◇◇◇

昔々のお話だ。ここからずっと向こう。東と南の、ちょうど真ん中。そこに『あらた森』という、豊かな森があった。森には神が住み、動物達と共に、楽しく暮らしていた。

そんなある日、森の神は異変に気づいた。森の草木が、食い荒らされている。

「はははは！　ここのごはんは美味《うま》いなぁ！」

遠い大陸からやってきた、蟲の大群だ。パクパク、むしゃむしゃ、モグモグ。蟲達の胃袋は底なしだった。

森の神は蟲を止めようとしたが、逆に襲われ怪我をしてしまう。

「なんてこと！　蟲をどうにかしないと」

怪我をした森の神を見て、空の神が、鳥達を呼びよせた。

「誰か森に下りて、蟲達を食べてちょうだい」

しかし、鳥達は難色を示した。鳥達も蟲が怖いのだ。

「鶴や、森に下りて、虫を食べてちょうだい」

「森は暗くて怖いです、あんなところには行けません」

空の神は、次にヨタカを見た。

「ヨタカや、森に下りて、虫を食べてちょうだい」

「森の土はグチャグチャのベチャベチャです。私の足じゃ地を這う蟲は追えません」

最後に残ったのは、この森に古くから住む、あらただった。

「あらたや、森に下りて、虫を食べてちょうだい」

あらたは森を見下ろして、少し迷った後、言った。

「僕が参ります」

鳥も、空の神さえも驚いた。

「あらた、あなたの勇気に感謝します。でも……」

空の神はここで伝えなければいけないことがあった。

地上に下りて蟲を追いかけ回すうち、長く美しい羽根が抜け、足は太く大きくなり、いつしか飛べなくなるだろう、と。

もう二度と、空に戻れなくなるだろうと。

聞いていた鳥達はみんな震え上がった。空の神は改めて聞いた。

「それでも、あなたは森に下り、蟲を食べてくれますか」

あらたはじっと空を見上げた。仲間の鳥達を見た。そして、森を見下ろした。

「僕が参ります」

空の神は言った。

「これから先、多くのものがあなたを愛すでしょう。さぁ、ゆきなさい」

あらたは羽を広げ、一人森へと下りていった。

◇◇◇

（ぃよし！　ここで……）

森へと下りるあらた——希佐が、羽ばたく鳥のように羽織の袖をはためかせる中、風を模したクォーツ生達が列を組み、舞台に躍り出る。風の中には根地もいた。風が希佐をぐるりと隠すように囲むと、希佐が自身の衣装を緩め、ほどく。

（……っと！）

その希佐の衣装を根地が摑み、一瞬で剝《は》いだ。

（バッチリ！）

そして風はちりぢりに。

「あっ、服が替わった！」

子どもが驚き指をさす。

先ほどまでの美しい衣装が、土色の粗末な服に早変わり。今回の舞台の見せ場の一つ、希佐の早着替えだ。

「立花くんの服剝いできたよっ！」

根地が希佐の衣装を手に舞台袖に戻る。白田が「言い方」と非難するように言い、世長は「上手《うま》くいって良かった……」と胸を撫で下ろした。

「希佐、初めてにしちゃ上出来だよ」

フミも感心した様子だ。

「子ども達の反応もいいな」

歓声を聞いて、カイが頷く。

ここから、森り下り立ったあらたの蟲退治。

あらたは地道に、確実に、蟲を倒して食べていく。蟲の子分——鳳も早々に喰われた。

「……てめぇ、なにしやがんだッ！」

それに激怒したのが蟲の親分だ。独特な形状の衣装に身を包んだ親分——スズが、希佐相手に凄む。スズは感情をストレートに表現出来る役がめっぽう上手い。

「森の神と同じ目に遭わせてやる！」

ここからあらたと蟲の親分の一騎打ちだ。

子ども達が手に汗を握り、あらたを応援している。

しかし——

「ああっ！」

蟲の親分が上手《うわて》。あらたは崖に追い詰められてしまった。

飛べないあらた。こんな高いところから落ちたら死んでしまう。
――ここからだ。
根地が希佐の姿をじっと見つめる。
稽古の最中、根地は希佐に言った言葉があった。
『立花くん、このシーン、大事な人を想像しながら演じてもらっていいかい？』
『大事な人……ですか？』
『ああ。その大事な人に、もう二度と会えなくなることを哀しむシーンだからね』
――どう表現する、立花くん？
「これでおしまいだ！」
とどめを刺されそうになったあらた――希佐。
「……」
希佐がゆっくりと顔を上げる。
そして、笑った。
穏やかな海、打ち寄せた波と共に静かに還《かえ》っていくように。
希佐が優しく目を細めた。
美しいこの世界を目に焼きつけ、誰かの土産《みやげ》にでもするように。
根地の肌が、粟立《あわだ》っていく。
（この子……）

死を恐れていない。

それが根地を恐怖させたその時だ。

「あらたー！」

静寂に包まれた体育館で、少年が叫ぶ声が聞こえた。

「えっ……」

舞台の上で希佐に対峙していたスズが反射的にそちらを向いてしまう。

舞台袖で見ていた世長が思わず口を押さえ、白田が「あのバカ……！」と呟いた。根地は身を乗り出し「いや」と否定する。

止めるような叫び声が一泊遅れて聞こえた。根地達には見えない、だが、舞台の上にいるスズと希佐には見えている。

「クロ！　子どもが舞台に上がろうとしてる！」

フミが鋭く言った。

舞台の幕をめくろうといたずらをしていた少年が舞台にのぼろうとしている。女性教師が駆け寄るが間に合わない。

少年は舞台に上がると、思いきりスズを突き飛ばした。

スズはそれを受けて、ごろりと舞台の上を転がり距離をとる。

（あらたを助けようとしているのか！）

少年は希佐の前に立ち「あっちに行け！」と叫んだ。

突然の乱入者に、舞台を見ていた子ども達は驚き、戸惑い、現実に引き戻されてしまう。

(手立てを――)

根地、フミ、カイが動こうとした、その時だ。

「……まさか会えるなんて」

希佐の静かな声が、不思議なほど強く、混乱した体育館に広がった。

「……嬉しいよ」

希佐が両手を目一杯伸ばし、少年の体を抱きしめる。突然の展開。だが、その光景の美しさに、みんな息を飲んだ。

(今だ!)

「……突然、舞い降りた幼い鳥は、あらたが空に残した弟でした」

根地がはやる気持ちを抑えつつ、ゆっくりと舞台に出る。

「弟は、空からずっと、あらたのことを見守っていたのです」

――こんなカンジでいかがでしょ?

心の中で希佐に問い、希佐が「はい」と頷いたような気がした。そして希佐が少年になにか耳打ちする。

「お前ら、準備しな」

フミが短く指示を出した。まだ幕は下りていないのだから。クォーツ生達が即座にスタンバイする。

ずっとスズに視線を送っていたカイが、ようやく彼の視線を捕まえ、「襲え」とジェスチャーで伝えた。

「……だったら二人まとめて食べてやるよッ！」

スズが大きく振りかぶる。希佐が少年を逃がすように手を放す。

すると、少年が天をキッと見上げ、そして叫んだ。

「みんな！　あらたを助けて!!」

それが合図。

叫びと共に、世長や白田、鳥役の生徒達が舞台へ一気に駆けた。羽をばたつかせ、舞台の上を大きく旋回する。その迫力に、子ども達は皆、圧倒される。

（よし、繋がった！）

もともと、あらたの窮地に、ずっと見守っていた鳥達が助けに入るシーンだったのだ。

鳥達があらたを守るように飛び回る中、世長が少年を抱き上げ、舞台袖にはけた。

「おし、よくやった、ソーシ！」

「世長、子どもは俺が」

フミが労《ねぎら》い、カイが少年を預かり、世長はホッとした表情を浮かべ、再び舞台《戦場》に戻る。

「申し訳ありません……！」

そこに、女性教師が駆け込んできた。今にも泣き出しそうだ。

「大丈夫スよ」

フミが落ち着かせるようにゆったり答える。

「いい舞台になります、これ」

自信に満ちあふれた言葉が、教師の不安を跡形もなく溶かした。

今度はカイが膝をつき、少年と目を合わせる。怒られると思ったのか、少年がびくりと体を震わせた。

「あらたが心配だったんだな?」

だが、カイの声は優しい。少年が、自然とこくりと頷いた。

「もう大丈夫だ、ありがとう。これからあらたが活躍するぞ。席に戻って見るといい」

そして、そっと促す。少年は、逃げるように去ろうとしたが、立ち止まった。

「……ごめんなさい」

少年が振り返って、今度はしっかりカイを見て「ごめんなさい」と言う。カイは目を細めた。

「セリフ、上手に言えていたぞ。度胸があるな」

「……!」

「舞台を最初から最後までじっくりと見て、どうすれば舞台でみんなを喜ばせることが出来るのか考えて、考えたことをちゃんと一生懸命出来るようになれば、いい役者さんになれるかもしれない」

「……お兄ちゃん達みたいな?」

カイは笑いかけた。少年はぺこりと頭を下げて、教師と一緒に自分の席に戻っていく。教師にも「ごめんなさい」と謝っていた。フミとカイは顔を見合わせ、笑った。

いよいよフィナーレだ。

いくら大きく強くても、蟲は蟲。鳥の大群に為す術がない。

「うわー！　うわー！」

蟲の親分は崖へと追いやられる。あらたがすっくと立ち上がる。

「森はお前達だけのものじゃない、みんなのものだ！」

あらたは大地を駆け回ったその足で、勢いのまま、親分に体当たりした。親分の体が後ろに浮き、そして——

「うわあああああああ！」

崖底に真っ逆さま。そしていなくなった。

「やった……！」

蟲を退治したのだ。わずかに残っていた蟲達も親分がやられて、方々に逃げていく。

「あらた！　本当にありがとう、お前のおかげで森は救われた！」

やっと傷が癒えた森の神があらたに深く感謝した。

「ありがとう、あらた。あなたのおかげで、みんな救われたのです」

空の神もあらたの働きを労《ねぎら》った。そして「だから……」とあらたに手を差し出す。

「私の力で、あなたをまた空へ連れ返しましょう」

空の神の言葉に、鳥達が喜んだ。

しかしあらたは首を横に振った。

「蟲はまだ残っています。放っておけば、また増えて、森を食い荒らす。僕はこれからも、この森に地に足をつけ、蟲を食べながら生きていきます」

あらたは「それに」と言う。

「僕、この生活が気に入っているんです」

ドン、と音楽が鳴った。とびきり明るい音楽だ。

曲に合わせて、みんな総出で踊り出す。

「はーい、みんなも手拍子だ！」

根地の言葉に、子ども達が音楽に合わせて大きく手拍子した。そのリズムに乗って、みんながますます陽気に踊り出す。

体育館の中は、多幸感にあふれ、笑顔で包まれた。

(うーん)

――いいね！

4

「はー！　なんとか終わってよかったー！」

夕暮れに染まる玉阪坂。上りながらスズが大きく伸びをする。

「お前が子どもに反応してそっち向いた時はどうなるかと思ったけどな」

白田の言葉にスズが明らかにぎくりとした。

「ようやくあらたを倒そうとしたところに、見知らぬ『なにか』が現れたんだ。反応するほうが自然サ」

フミがフォローするように言う。

「大変だったけど、みんなが喜んでくれてよかったね、希佐ちゃん」

世長の言葉に、希佐が「うん」と微笑んだ。

それを、最後尾から根地が見る。

「……コクト」

そんな根地の隣に並んだのは、意外なことにカイだった。彼がこうやって根地に近づくのは珍しい。「どした？」と問うと、一瞬ためらってから、言う。

「……同じ匂いがした」

「……」

「同じ喪失体験をしているかもしれない」

それだけ言って、カイが輪の中に戻っていく。どういうつもりで言ったのか明かさずに。

恐らく忠告だろう。安易に触れるなと。

今日の舞台を見て、思った。

――立花希佐は、過去に大切な人を失ったことによる喪失の恐怖を抱え続けている。

希佐は死がなにかを知っている。それが、希佐にしか出来ない命の表現を生んでいる。

誰もが魅了される鮮やかな生の彩り。

根地は額を押さえる。じわりと汗が滲《にじ》んでいた。

（活路になるかもしれない）

アンバーに、田中右宙為《たなかみぎちゅうい》に敗北を与えるための、クォーツが勝利するための。

でも、だからこそ、封印しなければいけないとも思った。

（これは隠し球、奥の手だ。その日がくるまで見せちゃいけない）

希佐の配役も『真正面』から遠ざけたほうがいいだろう。秋は悪役がいい。冬はねじれていればいい。真正面から遠ざけて、遠ざけて、最後に魅せるのだ。

（でも……）

希佐を支えられる人間がいなければ、壊れかねない。

もっと知る必要があるだろう。立花希佐という人間を。

「根地先輩、みんなでご飯を食べて帰りませんか？」

希佐がこちらを振り返って尋ねてくる。根地が考え込んでいるうちに話が決まったようだ。

「立花先輩のおごりですか？」

冗談で返すと、希佐が「えっ」と一瞬声をあげたが、すぐに胸をドンと打ち「任せてください！」と答えた。頼もしさに根地は声をあげて笑う。

まずは秋公演。どうせ一筋縄ではいかないだろう。でもだから面白い。

舞台《ステージ》に命を懸ける覚悟はとうに出来ているのだし、いくらでも未知と戦おう。

「えっっっっっっ!?」

みんなで入った喫茶店。根地の脚本話を聞いて、みんなが一斉に驚きの声をあげた。

「あらたの元ネタって、玉阪市の昔話じゃなくてニュージーランドのキーウィの逸話だったんスか!?」

根地が「そだよー」と頷く。比女彦神社で虫を食べる鳥を見て、思い出したのだ。想像に国境はない。

「結構アレンジしてるけどね。みんな各々調べてみて。キーウィが好きになるよ」

「立花、お前、キーウィだったのか！」

「私キーウィだったの!?」

「ちなみに『あらた』はニュージーランドの漢字表記からとった。『新』ね」

「えっ、そうなんスか！　世長、ニュージーランドって『新』なのか!?」

「ホントだ、『新』だ……！」

「あと、そもそもこの話って……」

――未知《ぶたい》は面白い！

JACK

ジャックジャンヌ

JEANNE

JACKJEANNE

僕は
ナポリタンスパゲティ

JACKJEANNE

１：根地黒門《ねじこくと》

「鳳《おおとり》くん、みんなのプロフィール調べてきてよ」

　夏公演準備期間中、忙しい中、唐突にそう言われ、鳳はたいそう戸惑った。当然、「なぜ」とも思った。しかし、「じゃあ、僕からいくよ」と切り出し、「身長１７２センチ、体重57キロ、血液型はＡＢ型！」と高速で自身のプロフィールを言い出した根地に思考が吹っ飛ぶ。

「あわわわ……ちょ、ちょっとお待ちください！」

誕生日：３月22日
身長：１７２センチ
体重：57キロ
血液型：ＡＢ型
特技：執筆、詩作、絵画、手芸、人形劇 etc
趣味：興味をそそるものはなんでも

好きな季節：芸術の秋
好きな色：紫
好きな食べ物：手軽につまめるもの、白米に合うもの
好きな飲み物：コーヒー、カフェイン系
好きな動物：フクロウ、競走馬

「……ということだ、わかったね」

言い終わった根地は満足げな表情を浮かべ、子細を逃すまいと必死で携帯にデータを打ち込んだ鳳の額には汗が浮かんでいる。

「しかし、根地先輩、どうして僕がクォーツ生のプロフィールを……」

どうしてもその疑問を解消したい。すると、根地が「鳳くん」と真面目な表情を浮かべていった。

「意味とか考えちゃいけない」

鳳は思考を放棄することにした。

2：睦実介《むつみかい》

真っ先に訪ねたのは、誰に対しても分け隔てなく優しくて誠実な先輩、睦実介だった。

「……コクトになにか言われたのか？」

――さすが、わかってくださる……ッ！

誕生日：9月23日
身長：185センチ
体重：69キロ
血液型：A型
特技：ご本人は特にないとおっしゃる
趣味：自然散策
好きな季節：冬
好きな色：目立たない色
好きな食べ物：ご本人はあまり意識したことがないとのこと
好きな飲み物：ない
好きな動物：大型犬

（睦実先輩、『特にない』が多い……）

これではカイが根地になにかつっこまれてしまうかもしれない。

「睦実先輩、良ければ家族構成について……」

思い切って質問を足そうとしたのだが、一瞬、カイが申し訳なさそうな顔をした。鳳に気を遣わせてしまうことを、申し訳なく思うような――

「やはりこれでいいです！」

鳳は即座にとりやめる。

「いいのか？」

「はい！　ありがとうございました！」

鳳は丁寧にお礼を言って、カイと別れた。

（……事情がわからない中、家族について詮索するのは良くないな。控えよう）

3：高科更文《たかしなさらふみ》

華やかなフミに声をかけるのは、実はいつも緊張する。しかし、聞けばなんでも答えてくれるのは知っていた。

「あ、あ、あの、高科先輩！」

「んん？　どうしたよ、キョージ」

切羽詰まった鳳の顔を見て、フミが苦笑する。

「クロか？」

――クォーツのジャックエースとアルジャンヌは素晴らしい！

誕生日：6月14日
身長：178センチ
体重：59キロ
血液型：B型
特技：踊り
趣味：他ジャンルのダンス研究、和裁
好きな季節：春（桜が好き）
好きな色：深緋《こきひ》
好きな食べ物：寿司、魚料理
好きな飲み物：抹茶（自分で点《た》てられる）
好きな動物：賢い鳥

「高科先輩、お茶を点てられるんですね！」

「うちの実家、すげー堅苦しいんだけどさ、そこで習ったことが結局好きっつーか」

そういってフミは苦笑する。細められた眼差しに、喜びと悲しみが潜んでいるような気がした。『堅苦しい』実家に対して、複雑な想いがあるのかもしれない。だから、鳳は当たり前なことに気がつく。

（こんなに素晴らしく恵まれた方でも、ご苦労があるのだな……）

4：白田《しろた》美《み》ツ騎《き》

正直、答えてくれるか不安だった。しかし、下手《へた》に誤魔化すよりも正直に話したほうがいい。

「ええ……？　なにそれ……」

白田は不愉快そうな表情を浮かべる。

「ど、どうかお力添えを！」

だが、鳳が悪くないのは白田もわかってくれたのだろう。息をつき、「さっさとしろよ」と答えてくれる。鳳は「沁《し》みます！」と頭を下げた。

誕生日：7月14日
身長：168センチ
体重：48キロ
血液型：A型
特技：歌、少しだけギター
趣味：読書（短編小説、ミステリー小説）

好きな季節：冬
好きな色：水色
好きな食べ物：ナッツ、フルーツ、紅茶に合うもの
好きな飲み物：紅茶、常温の水
好きな動物：猫

「ありがとうございました！」

「はいはい」

白田があしらうように去っていく。

（白田先輩は、常に凜然とされていて格好いいな……）

5：織巻寿々《おりまきすず》

「プロフィールを教えろ」

「えっ」

スズの目が点になった。常に敵対している鳳が急にこんなことを言い出したのだから、当然の反応だろう。

鳳は今さらながらに知った。

(仲が悪いとこういう時困ることになるのか……!!)

自分だって織巻に同様の質問をされたら、不審に思い答えないだろう。

「まぁ、いいけど」

――いいヤツだなこいつ!!

誕生日：1月19日
身長：182センチ
体重：66キロ
血液型：B型
特技：体を動かすこと全般
趣味：サイクリング、遠出
好きな季節：夏
好きな色：赤、黄色
好きな食べ物：肉、ハンバーガー
好きな飲み物：牛乳、ジャンクな飲み物
好きな動物：ライオン

「あとはそうだなー、飛行機が苦手かなー。家族旅行で飛行機乗った時、メチャクチャ揺れてさぁ」

特に聞かずとも、自分のプロフィールについて話すスズ。ありがたいのに、つい「煙とバカは高いところが好きというのにな！」とあざ笑ってしまった。いつものクセだ。しまった！　と思ったが後の祭り。しかしスズは、へらっと笑う。

「煙だって雲の上までいったら逃げちまうだろ」

――上手いこと言ってくるんじゃないッ！　あと人の良さを見せるな！　僕がちっぽけな存在に見えるだろうが、そういう老若男女問わず好かれそうなところが嫌なんだッ!!

6：世長創司郎《よながそうしろう》

「おい、世長。お前のプロフィールを教えろ」

「えっ……」

時が止まった。

（こいつ……）

いつもスズ、希佐《きさ》とつるんで三人一緒にいるので印象が薄れわかりづらかったが、一対一で顔を見て、会話をしなければいけないこの状況だからこそ、わかる。

（僕に相当な不信感がある……!!）

もはや嫌われているのかもしれない。警戒するように距離を開ける世長。ちょっとショックだった。

「いいから言え！」

「えっ……」

「根地先輩に言われたんだ！　他のクォーツ生も答えた！　時間をとらせるな！」

「ええ……？」

聞けば聞くほど、世長が離れていく。心の距離と一緒に。

「この……！」

らちがあかない。鳳は「ここで待ってろ！」と命令して、いったんその場から離れた。逃げるんじゃないかと心配だったが、戻ってくると世長は一応待っていて、だからバン！と用意したものを押しつける。

「これに書け！　そして渡せ！」

聞きたいことをまとめた質問状。携帯でやりとり出来たら楽なのだろうが、お互いに番号を知らない。

（織巻はバカだからなんとかなったが、世長はそうもいかないぞ……！）

後日、世長から質問用紙を返された。周りの生徒達も実際に返答していたことを知ったようで、「その場で答えられなくてごめん」と謝り「じゃあ」と去っていく。

誕生日：5月15日

身長：175センチ
体重：60キロ
血液型：O型
特技：暗記
趣味：オカルト研究、日記をつける
好きな季節：春
好きな色：紺、藍色
好きな食べ物：オムライス、卵料理
好きな飲み物：お茶
好きな動物：アライグマ、ラッコ

「……『オカルト研究』ってなんだ、怖っ」

親しくないと、気になることも聞けやしない。

7：立花希佐《たちばなきさ》

他の二人に比べたら、やりやすそうなのに、妙にざわつくのはなぜだろう。

「立花、身長や体重を教えろ」

希佐が目を丸くした。その瞬間、とてつもなく失礼なことをしてしまったかのような羞恥がこみ上げた。

「ね、根地先輩に頼まれただけだ！　僕の意思じゃない！」

事実だが、なんだか言い訳のように聞こえる。希佐がじっと鳳を見た。この目がなんだか苦手だ。

「……わかった。身長は165センチ、体重は49キロ」

「た、誕生日は？」

「4月8日」

「次は、えー……」

やはり妙な気恥ずかしさが消えない。

「鳳くんは？　プロフィール」

生まれた沈黙を埋めるように、希佐が逆に聞いてきた。

「……12月12日生まれ、身長181センチ、体重64キロ、血液型はA型」

等価交換だ、とでも言うように回答する。気恥ずかしさも誤魔化せるような気がした。

「鳳くんの好きなことは？　休みの日はどんなふうに過ごしているの？」

希佐が更に聞いてくる。

「休みなら読書だ。だがあくまで一般教養として。好き嫌いで自分の行動を決めるのは愚かなことだからな。自分に必要なことをやる、それが第一だ」

言ってからハッとする。これから、趣味や好きなものについて聞かなければいけないのに、それを否定するようなことを言ってしまった。

「待て！　好きなものについて教える！」

「えっ、そう？　ありがとう」

さっさと言って話を進めてしまおう。

（……ん？）

しかし、好きなものが浮かんでこない。

「……鳳くん、無理に答えなくていいよ？」

「うるさいっ、僕を気遣うな！」

心配する希佐の言葉を振り払い、鳳は考え込む。

好きなもの、好きなもの、好きなもの——

再びあれ、と思った。

（……ない？）

——好きなものが、ない？

考えてみれば、政治家の息子として厳しくしつけられ、父に褒められることを第一に生きてきた。だから、自分のことは二の次、三の次で——

「鳳くん、スパゲティ好き？」

「は？」

唐突に希佐がそんなことを言った。

「前、美味《おい》しそうに食べてるの見て、印象に残ってた」

そんなつもりなかった。お前の思い違いだ、と言おうとしたのだが。

「あっ」

「どうしたの?」

「ナポリタンスパゲティ……」

蘇る記憶。子どもの頃、味気ない和食に飽きて「食べたくない」と我《わ》が儘《まま》を言い、「だったら食べなくていい」と親にキツく叱られたことがあった。腹がすき、しくしくと泣いていると、祖母がそっと名前を呼んだ。そして、こっそり出してくれたのだ。ナポリタンスパゲティを。それが、嬉しくて、美味しくて——

「ばあちゃまのナポリタンスパゲティ……」

思わず言葉に出る。無防備な声に自分で驚き、思わず口を押さえた。

「い、今のは……」

聞かなかったことにしろと叫ぶよりも早く、希佐が穏やかに微笑む。

「美味しかったんだろうね」

鳳の思い出に寄り添うように、優しく。

「お前、その、懐柔する笑み、やめろッッッッ!!」

「わっ」

鳳があらん限りの声で叫ぶ。

「もういい！　終わりだ！」

「えっ、あ、鳳くんっ？」

鳳は逃げるように駆け出した。

希佐から離れ「くそ……！」と呻く。

「あいつ、人の個人情報を盗む天才か……!!」

しばらく悪態をついていたが、ふとした拍子に蘇る。

「……ばあちゃま」

あの日の祖母と、ナポリタンスパゲティ。

鳳はちょっとだけ泣いた。


「……ふー」

鳳が去った後、希佐は息をつく。

「個人情報、あまり出さずにすんでよかった」

実はこの立花希佐——男子校に性別を偽り入学した女の子だ。

8：そしてプロフィール

「根地先輩！　クォーツ生のプロフィールです！」

思い通りにいかないことも多々あったが、クラス生のプロフィールをようやく全てまとめ終わり、達成感に満たされながら根地に提出しようとする。

しかし、根地の反応は驚くべきものだった。

「鳳くん、みんなの個人情報持ってるなんて危ないよ」

「えっ」

「ちゃんとそこのところ、考えないと」

鳳はその日のうちに、プロフィールを全てシュレッダーにかけた。

しかし記憶は消せない。

（なんだ、世長のヤツ、ずいぶん嬉しそうに食事をしているじゃないか。ああ、あいつが好きなオムライスだからか——って、やめろ！　世長なんかを深掘りするようなことはするな！）

知ることで繋がることは多くある。

そして思わぬ変化も。

「……なぁ、立花、世長」

クラス稽古中、スズが鳳の芝居を見ながら言う。

「鳳の社員B、もともと良かったのに、またすげえ良くなったな」

世長が「社員Bらしく、ぐいぐい相手のテリトリーに入るようになったね」と分析する。

希佐も頷いた。

「みんなにプロフィールを聞いて回るのも役作りの一環だったんだろうね」

ジャックジャンヌ —夏劇— あとがき

十和田さんとの久々のノベライズ。
はりきってカラーとモノクロかきました。
くりかえし読んでいただけると
うれしいです。

Sui Ishida

2015年の秋。

「男子だけで歌劇の舞台を作る男子校に、女子である主人公が性別を隠して入学する設定のゲーム制作話がきているんだけど、どう思う?」と、石田スイ先生に聞かれました。

当時からこの作品に対する私の答えは明快でした。

「面白そう」

それから紆余曲折あり、2021年3月18日に発売された「JACKJEANNE《ジャックジャンヌ》」。子どもの頃から一緒にゲームで遊んでいた実弟・スイさんとともに、企画立ち上げから深く関わり続けたこの作品で小説執筆を任され、皆様のお手元に届けられることを、何より嬉しく思います。

夏劇、夏公演を真ん中に据えた物語。

夏のはつらつとした風景とは裏腹に、それぞれの抱える問題が胸の奥で燻《くすぶ》っている時期でもあります。

そんな中、立花希佐の転科問題が勃発し、希佐の助けになろう、支えになろうと、自分のことは後回しで凜とふるまうクォーツ生が多くいました。

今回はあえて、彼らが希佐には見せなかった姿にスポットライトを当てています。

ジャックジャンヌは壮大な人生劇です。

多種多様な選択肢があり、その選択によって進む道が変わり、辿りつける答えがある。ゲームをプレイした人の数だけ、そしてその人だけの「ジャックジャンヌ」があるのではないでしょうか。

ですので、この小説も、そんな様々な選択肢の中、選び進めていった物語のひとつとして、緩やかな距離感でおそばに置いていただければ幸いです。

十和田シン

漫画家。2010 年に、ヤングジャンプ月例第 113 回 MANGA グランプリにて『東京喰種』が準優秀賞を受賞。『週刊ヤングジャンプ』にて2011 年より『東京喰種《トーキョーグール》』を連載開始。
シリーズは世界的人気を獲得する。2014 年からは続編『東京喰種《トーキョーグール》：re』を開始。ブロッコリーとの共同プロジェクトとして、少年歌劇 SLG『ジャックジャンヌ』を製作。

Ishida Sui

石田《いしだ》スイ《すい》

ノベライズ作家、シナリオライター。別名義である十和田眞の名前で『恋愛台風』を執筆、小説デビュー。また、奥十の名前で漫画家として活動する。代表作は『マツ係長は女ヲタ』。『ジャックジャンヌ』には石田スイ氏と共にシナリオとして参加。石田氏の実姉であることが公表されている。

Towada Shin

十和田《とわだ》シン《しん》

ジャックジャンヌ
【ー夏劇ー】Kageki

本書は書き下ろしです。
2021年 4 月24日 第1刷発行
2022年11月16日 第3刷発行

原作・イラスト 石田スイ
小説 十和田シン

装　丁 ■■■ 末久知佳
企　画 ■■■ ブロッコリー
編集協力 ■■■ 北奈櫻子
担当編集 ■■■ 六郷祐介
編 集 人 ■■■ 千葉佳余
発 行 人 ■■■ 北畠輝幸
発 行 所 ■■■ 株式会社 集英社
■■■ 〒101-8050　東京都千代田区一ツ橋2-5-10
編 集 部 ■■■ 03-3230-6297
読 者 係 ■■■ 03-3230-6080
販 売 部 ■■■ 03-3230-6393（書店用）
■■■
印 刷 所 ■■■ 凸版印刷株式会社

Printed in Japan ISBN978-4-08-703509-4 C0293

検印廃止

語られないことがたくさんあった。

『東京喰種』本編では描かれなかった無数の物語…。
切り取られた日常、空白を埋めるエピソードを収録した小説シリーズ!!

東京《トーキョー》喰種《グール》【日々】

原作・イラスト　石田スイ
小説　十和田シン

東京《トーキョー》喰種《グール》【空白】

原作・イラスト　石田スイ
小説　十和田シン